TU SAURAS POURQUOI TU PLEURES

MARIE VERMOT

TU SAURAS POURQUOI TU PLEURES

© 2018, Marie Vermot

Edition : Books on Demand,
12/14 rond-Point des Champs-Elysées, 75008 Paris
Impression : BoD - Books on Demand, Norderstedt, Allemagne
ISBN : 9782322147021
Dépôt légal : août 2018

« Personne ne vous sauvera (...). Personne ne viendra. Vous êtes seule dans votre quête; aucun ami, aucun amant, aucun Dieu qui est aux cieux ne viendra à votre secours. Vos mystères n'appartiennent qu'à vous seule. »
« Une fois qu'on connaît la vérité, il n'y a pas de seconde chance. Pas de possibilité de recommencer, de se raviser, de faire machine arrière. La porte se referme derrière vous et se verrouille à double-tour. »
SARA GRAN, *La ville des morts*

« Quand j'étais enfant et que mes larmes coulaient, sans motif selon mon père, il me donnait une gifle. Afin que j'aie une bonne raison de pleurer... »
ANONYME

18 ans plus tôt

Il s'enferme dans les toilettes, s'appuie contre la porte, prend sa tête dans ses mains et se met à sangloter sans bruit.

Il était tellement heureux quand elle lui a téléphoné !

Ça faisait longtemps qu'il n'avait pas eu le moindre signe d'elle et il n'osait pas l'appeler, c'était toujours lui qui le faisait. Certes, elle n'était jamais désagréable mais il sentait parfois derrière sa gentillesse une pointe de condescendance.

Ils parlaient de choses et d'autres, il aimait entendre sa voix tout contre son oreille, il aurait voulu que ça ne s'arrête jamais. Mais trop rapidement, elle étouffait un bâillement et elle finissait toujours par dire :

- Bon , on a fait le tour des nouvelles je crois... (elle ne lui laissait pas l'opportunité de répondre), ça m'a fait plaisir que tu m'appelles, à bientôt, bisou.

- Oui à bientôt, on essaie de se voir...

- D'acc, on se rappelle.

- Je t'embrasse...

Elle avait déjà raccroché.

Et là, c'est elle qui l'avait appelé !

Pour lui proposer d'aller à une fête chez une fille avec laquelle ils avaient tous les deux fait du théâtre, quelques années plus tôt, et qui réunissait les anciens théâtreux du groupe pour fêter ses 30 ans .

Quand ils avaient terminé la conversation, il avait poussé un hurlement de joie en sautant comme un gamin.

Dans la semaine précédant la soirée, il avait nettoyé son appartement de fond en comble (il en avait grand besoin !), pour le cas où elle accepterait un dernier verre... Il avait donc acheté du vin, quelques bonnes bouteilles, et de la bière, la marque qu'elle préférait.
Il s'était offert une nouvelle chemise et avait même investi dans une eau de toilette luxueuse. (« Très bon choix, c'est une fragrance virile et distinguée, qui plaît aux femmes... Personnellement, je l'adore. », lui avait dit la vendeuse avec un sourire enjôleur).

Il l'aimait en secret depuis qu'il l'avait vu interpréter ce rôle de femme libre et un peu folle dans un monologue drôle et déchirant à la fois.
C'était à l'occasion du festival de théâtre amateur annuel du quartier où ils habitaient tous deux, le vendredi 27 juin 1997, il l'a noté dans le cahier où il se plaît à consigner les événements marquants.
Il l'avait trouvée superbe ! De cette beauté liée à la maturité et qui n'existait pas chez les filles de son âge...

A la rentrée suivante, il s'était inscrit à l'atelier jeu dramatique et il l'avait ainsi côtoyée, ils étaient devenus amis. Et ils avaient même échangé des mots d'amour, sur scène...
Elle ne semblait pas envisager qu'un autre type de relation soit possible entre eux.

Pourtant, elle lui avait confié à l'époque, qu'elle venait de divorcer et qu'être célibataire lui apportait une nouvelle jeunesse.
Il aurait dû foncer alors, s'engouffrer dans cette brèche qu'elle semblait lui ouvrir ! Il n'avait pas su saisir l'occasion. Combien de fois se l'était-il reproché par la suite !
Il avait trop attendu, par manque d'assurance, de confiance en lui.
Il n'avait jamais osé exprimer ses sentiments avec des mots. Il pensait qu'elle aurait pu comprendre ce qu'il disait par ses regards, par une main retenue plus longtemps que nécessaire.
Elle n'avait rien vu, ou rien voulu voir.

Deux ans qu'il l'aimait en secret et qu'ils étaient enfermés, enferrés dans une amitié simple et chaleureuse mais qui ne lui suffisait pas. Deux ans qu'il rêvait...
Étrangement, il ne la désirait pas vraiment physiquement. Il voulait qu'elle soit à lui plus totalement...

Quand elle est montée dans sa voiture, le soir de l'anniversaire, il l'a trouvée belle dans sa robe à pois. Elle lui a fait la bise et lui a dit qu'il sentait bon. Elle était un peu fébrile, parlait, riait et il croyait que c'était le bonheur de le revoir. Tout semblait encore possible et il s'était promis de ne pas laisser passer cette nouvelle chance. Il avait l'intuition que cette soirée serait décisive.

Il a vite compris qu'elle n'avait pas choisi sa robe en pensant à lui.

Dès qu'ils sont entrés dans l'appartement bruyant, il a vu ses yeux chercher quelque chose, quelqu'un plutôt, parmi les corps s'agitant sur la musique.
Son regard s'est arrêté sur un grand brun barbu et s'est éclairé, ses pas l'ont conduite directement vers lui qui l'a enlacée chaleureusement.

Ils se sont mis à danser.

Elle (2 mois plus tôt)

Elle décide de rédiger une nouvelle annonce. La précédente lui paraît trop mièvre, peu claire quant à ce qu'elle désire vraiment. Elle a précisé ses attentes désormais, elle sait en tout cas mieux ce qu'elle ne veut pas.
Elle chausse ses lunettes, boit une gorgée de café brûlant, tire une dernière bouffée de sa cigarette avant de l'écraser dans le petit cendrier de laiton qui déborde.
Elle est gauchère et tape sur le clavier avec le majeur gauche uniquement.
Elle a changé son pseudo également, elle est désormais Martha qui souhaite rencontrer « un homme sincère, honnête et fiable », elle s'arrête à ces trois critères.
Son long couplet précédent parlant de beauté intérieure, d'originalité, d'amour de la nature et de sensualité, lui a attiré un laid intégral, un hurluberlu toujours vêtu de noir qui peignait des variations du Cri de Munch et ne se lavait pas, un très bel homme roux dont l'unique passion consistait à torturer des bonsaïs dans sa magnifique maison...
Elle avait également croisé la route d'un exploitant agricole friqué qui l'ayant invitée dans un restaurant classieux, s'était, pour le prix, autorisé à essayer de la tripoter en la raccompagnant dans sa voiture, puis celles d'un barbu-chevelu qui ne parlait que de son ex. et d'un

bel asiatique cherchant une poupée Barbie. Ce dernier avait manifestement été déçu en la voyant...
 Elle les avait tous rencontrés, méthodiquement, pour ne pas passer à côté de la perle.
Elle n'avait pas ménagé ses peines.

 Angèle, quand elle veut quelque chose, elle va jusqu'au bout.

L'autre (2 mois plus tôt)

La vengeance est un plat qui se mange froid.
C'est vrai qu'en ce qui me concerne, il ne s'agit pas de vengeance. Il n'est pas question de haine, mais d'amour !

J'ai tout préparé avec soin. J'ai patiemment tissé ma toile. Rien n'a été laissé au hasard, c'est pourquoi il m'a fallu autant de temps.

J'ai choisi avec soin notre petit nid, il devait réunir toutes les conditions requises : me plaire d'abord et lui plaire bien sûr (je connais parfaitement ses goûts qui, par chance, sont identiques aux miens), être isolé et en même temps pas trop éloigné de mon appartement actuel, correspondre à mon budget enfin.
J'ai visité douze maisons avant de trouver la nôtre. Dès que je l'ai vue, j'ai su que c'était elle ! Et qu'elle soit la treizième m'a paru de bon augure

Quand j'en ai eu fini avec toutes les formalités et que j'ai été propriétaire de cette charmante maisonnette, il m'a fallu réfléchir à la manière d'aménager le sous-sol.
J'ai passé la plupart de mes week-end à réaliser les plans puis les travaux nécessaires .
Par chance, je sais tout faire, de la maçonnerie à la plomberie et je n'ai pas eu à introduire des personnes étrangères dans ce lieu qui n'est qu'à nous deux.

Tout est enfin terminé, à part les toilettes que j'ai installées mais avec lesquelles j'ai encore un problème d'évacuation non résolu.
Pourtant, même si je me sens maintenant paré, je vais attendre encore un peu...
Parce que dans 63 jours, j'aurai 45 ans. Alors je fêterai, on fêtera, mon anniversaire et notre mariage en même temps ! On peut bien attendre 63 jours de plus quand on a patienté presque 20 ans !
A cette date, elle deviendra donc ma femme, bon gré, mal gré !
Je crois avoir été assez patient. Je n'en connais pas beaucoup qui auraient enduré ce que j'ai subi pendant toutes ces années.
Mais comme elle ne veut toujours pas comprendre et qu'elle n'en fait qu'à sa tête, je vais lui montrer que je ne suis plus un gamin. Je me sens désormais un homme, un mec, un vrai, exactement comme ceux qu'elle semble aimer.
Je vais donc la forcer, oh juste un peu, pour son bien !
« Qui aime bien, châtie bien », disait mon père à ma mère après qu'il lui ait mis une torgnole...
Quand elle découvrira toute l'ampleur de ma patience et de ma détermination, qu'elle constatera ma hardiesse, elle ne pourra qu'être éblouie.
Je vais faire son bonheur qu'elle le veuille ou non.
Elle finira par me remercier, j'en suis certain !
Je la connais si bien, depuis le temps que je l'observe !
Je sais ce qui la touche, ce qu'elle aime, ce qui la rend heureuse.
Et tout cela, je vais le lui offrir, sur un plateau d'argent !

Elle

Le bus s'arrête. Six personnes en descendent. Des jeunes garçons, le visage partiellement dissimulé par leurs capuches, qui parlent trop fort, rient, se bousculent, et Angèle.

Elle rentre de la piscine. Il est à peine 19h et il fait déjà nuit. Elle a les cheveux pas tout à fait secs et elle frissonne, remonte le col de son manteau chiné noir et blanc.

Elle traverse la rue, pousse la porte d'entrée de son petit immeuble et appelle l'ascenseur.

Quand elle arrive sur son palier, au 3e étage, il est dans l'obscurité. Il faudra qu'elle prévienne le concierge. Elle laisse la porte de l'ascenseur ouverte pour chercher ses clés. C'est alors qu'il lui semble percevoir un mouvement furtif du côté de la cage d'escalier.

- Il y a quelqu'un ?

Elle n'a pas vraiment peur, elle est plutôt surprise et se demande si elle a réellement entendu ce bruit si ténu. Si c'était Chamallow, il accourrait en miaulant pour quémander ses caresses...

La porte d'entrée de l'immeuble s'ouvre et des voix lui parviennent. Ce sont les Dufour qui habitent au 4e, elle reconnaît la voix très aiguë de madame Dufour.

Ils attendent l'ascenseur, elle le laisse repartir et rejoint la porte de son appartement à tâtons, rassurée par la présence des voisins.

Elle referme à clé derrière elle, pose son sac de piscine, va mettre la serviette et le maillot dans le panier à linge, à la salle de bain.

Elle défait ses cheveux humides, secoue la tête et se penche vers le miroir pour y examiner son reflet. Elle se trouve pâle, ses yeux bruns sont cernés de mauve. Sans doute le manque de sommeil des jours derniers.

Elle ouvre un tiroir, en sort son pot de crème de nuit et commence à se masser consciencieusement le visage, le cou, le décolleté, avec des gestes rapides et précis. Elle adore les « produits de beauté » : leur appellation n'est-elle pas déjà porteuse de magie ?

Laits, sérums, crèmes, masques, tous promettent l'embellissement, voire le rajeunissement!

Elle sait bien au fond, qu'ils sont menteurs mais elle s'offre le plaisir du rêve...et de la douceur des textures. Et puis elle est extrêmement sensible aux fragrances, aux senteurs parfois addictives. Pourquoi se refuser ce petit bonheur? Elle veille cependant à ce que les soins qu'elle utilise ne soient pas testés sur les animaux. Elle ne peut plus faire comme si elle ne savait pas.

Elle referme le pot noir et or, le dépose sur l'étagère et se dirige vers le salon.

Il fait un peu froid dans la pièce. Angèle va chercher un plaid, demande un autre café à la machine et s'assied devant l'écran.

Billy la rejoint 12 minutes plus tard. Fidèle au poste, comme elle.

Lui non plus n'a pas mis de photo dans son profil. Et comme ils n'utilisent pas de webcam, leur histoire s'écrit pour le moment dans un livre sans illustration, de ceux qui libèrent l'imaginaire...

Au fil des conversations, ils en sont cependant venus à glaner l'un et l'autre quelques informations sur leur apparence physique. Elle sait par exemple qu'il mesure 1m78, qu'il est brun, qu'il porte souvent du vert, le reste elle l'invente.

Depuis quelques semaines, ils se retrouvent ainsi chaque soir, sorte de rendez-vous tacite qu'elle attend désormais avec impatience.

Eux

Odile a rangé son petit appartement de fond en comble, vidé les placards, tout sorti. Puis elle a fait du tri, trois tas : à garder, à donner, à jeter. Elle a remis en place ce quelle conservait, descendu deux sacs dans la poubelle commune, chargé deux autres sacs dans sa voiture. Elle ira à Emmaüs demain.

Il est presque 20 heures. Elle a pris une douche, s'est faite belle pour le plaisir et par défi ! Gel sur les cheveux pour sculpter ses mèches blondes, bouche rouge, comme les pendants d'oreilles, parfum oriental...
Et puis, elle a mis de la musique, Cali, et elle chante avec lui, à tue-tête : « Je crois que je ne t'aime plus...Tes pas ne laissent pas de trace, à côté des miens... »
Elle sort une canette de bière du frigo, l'y remet.

Elle se dit qu'elle va proposer à Angèle de venir constater le changement. Elle a vraiment fait du vide, plus de photos, moins de bibelots, tout ce qui aurait pu lui rappeler cette ordure de Brice a disparu !

Elle est fière d'elle, elle n'a pas versé une larme de la journée et elle sent que cette fois, elle va définitivement tourner la page.
 Dix ans que ça durait, dix ans qu'il la menait en bateau, et qu'elle était consentante.

Il lui promettait après l'amour, qu'il allait quitter sa femme, qu'il lui parlerait dès que possible, qu'il attendait le bon moment, parce qu'elle était fragile et dépendante, qu'il avait peur de la briser et blablabla et blablabla...
Elle ne lui avait pourtant rien demandé de tel, au contraire, la situation lui convenait plutôt.
N'avoir que les moments agréables avec lui n'était pas pour lui déplaire... Et puis, elle s'était aussi arrangée avec sa conscience, qu'elle avait bonne. Après tout, c'était lui le traître !

Il y a quelques mois, c'est sa femme qui est partie... Et même s'il s'avouait un peu vexé, son soulagement l'emportait, c'était évident.
Rapidement, il avait proposé à Odile qu'ils envisagent de vivre enfin ensemble. Trop rapidement à son goût !
Elle lui avait dit qu'il ne fallait pas précipiter les choses, lui suggérant de profiter d'abord un peu de sa nouvelle vie de célibataire...Il avait donc accepté d'attendre à son tour.

Mais la veille, il avait annulé leur soirée-ciné, un client à dépanner en urgence, il était tellement désolé !
Elle est allée seule au cinéma, a passé une excellente soirée.
En rentrant, alors qu'elle était arrêtée à un feu rouge, elle l'a vu , tenant par la taille une fille vingt ans plus jeune que lui, riant, l'air amoureux...
L'épouse comme rivale, elle s'était habituée. Et puis, sa femme était là avant...

Mais maintenant qu'elle est, en quelque sorte, passée au rang de légitime, qu'il ait une maîtresse, tellement plus jeune de surcroît (c'est là le motif essentiel de son indignation sans qu'elle en soit vraiment consciente), elle a du mal à l'accepter !

Elle n'a pas dormi de la nuit, elle a fumé et bu du café.
Et au matin, elle a fait le grand ménage chez elle, à l'extérieur et à l'intérieur. Six heures durant, elle a fatigué son corps pour mieux vider sa tête... et son cœur.

Pari réussi ! Odile se sent libérée, lavée, guérie.
Elle est à nouveau célibataire et elle a bien envie de fêter ça avec Angèle.

Elle frappe à la porte de sa voisine. Puis elle sonne, Angèle a peut-être mis de la musique. Elle attend encore un peu, surprise que personne ne vienne ouvrir.

Elle rentre chez elle, légèrement déçue.
Tant pis, elle la boira seule cette bière !

Lui

Martha et moi avons parlé de nos enfances respectives. La sienne, sans joie, dans un milieu marginal et «défavorisé», comme on dit. La mienne, pas rigolote non plus, (excepté pendant les vacances chez mes grands-parents maternels), malgré un milieu plus « normal ».
Est-ce la tristesse qui nous rapproche ?
En tout cas, j'ai aimé notre échange, je la sens sincère et lucide, je crois l'être aussi.

Allongé dans mon lit, je ne parviens pas à trouver le sommeil. Des souvenirs défilent, que je croyais définitivement enfouis et que notre conversation a fait resurgir. J'ai finalement rehaussé mon oreiller et éclairé ma chambre. Je pense ou me remémore mieux avec la lumière !
Je passais donc mes vacances d'été dans la ferme de mes grands-parents maternels. C'était comme une parenthèse souriante et colorée dans mon existence. Ils n'étaient pas démonstratifs mais je buvais aussi avidement l'amour qu'ils me donnaient naturellement que le lait mousseux de leurs vaches. Je l'emmagasinais pour les mois à venir.
Parce que je pensais ne pas être vraiment aimé à la maison. C'est en tout cas ce que je ressentais à l'époque...

Mon oncle, ma tante et mon cousin, avaient un appartement à l'étage de la grande maison. Mon cousin Jean était mon aîné d'une petite année. Je crois qu'il me trouvait un peu empoté mais nous nous entendions bien tout de même, pour faire des bêtises. Nous galopions du matin au soir dans les granges, étables et greniers. Nous accumulions les polissonneries, faisant des courses de diables et perçant au passage quelque sac de grain, nourrissant les lapins d'herbe humide qui les rendait malades, espionnant la voisine du dernier étage, dont la combinaison de nylon, rose et transparente, nous mettait en émoi, affolant les poules à grands cris, libérant des pièges les souris destinées à être noyées.
On nous réprimandait sans conviction et nous sentions bien qu'on nous laissait faire.
- Ce sont des enfants, disait mamie Rose à mon oncle, moins porté à l'indulgence.

Et moi, le petit citadin, j'apprenais plus sur la vie en ces deux mois d'été qu'en toute une année scolaire !

Elle

Pourquoi n'arrivait-elle pas à ouvrir les yeux ? Avait-elle encore des yeux ? Elle ne sentait plus son corps, ses membres. Impression d'être une pierre et cette lueur de conscience emmurée qui vacillait comme une flamme ténue sous un souffle sadique. Elle préféra sombrer à nouveau dans le néant.

On la tirait, on l'asseyait. Ce qui devait être son dos et l'arrière de sa tête furent mis en contact avec une surface dure. Elle avait donc une tête et un dos. Et des yeux qui distinguèrent une forme grise et floue quand ses paupières furent soulevées. Quelque chose cogna contre ses dents, les fragments de ce qui devait être son corps réapparaissaient ainsi les uns après les autres comme les pièces d'un puzzle peu à peu assemblées. Le liquide froid lui rendit une bouche et une gorge. Elle toussa et épuisée comme un nouveau-né de sa mise au monde, elle plongea encore dans la sécurité de l'inconscience.

Quelque chose effleurait sa peau et c'est ce chatouillement qui lui fit cette fois ouvrir les yeux. Elle vit un tissu blanc duquel sortaient ses jambes nues et sur son pied droit, nu également, une toute petite grenouille verte et marron. Elle réussit à s'asseoir, le minuscule animal avait disparu mais ce qui lui fit pousser un cri fut la découverte de ses mains.

Elles étaient l'une et l'autre emprisonnées dans un genre de mitaine sans pouce, en plastique souple, rattachée à un bracelet métallique qui lui enserrait le poignet. Des sortes de maniques faites d'une matière qui ressemblait au silicone. On avait voulu l'empêcher. Le reste de son corps était libre.
Elle posa ses pieds sur le sol en terre battue et regarda autour d'elle. Elle se trouvait dans ce qui lui sembla une cave assez grande, aux murs blanchis à la chaux et presque vide. Il n'y faisait pas froid.
Elle était vêtue d'une large tunique blanche qui lui arrivait aux genoux. Pas de sous-vêtements. On l'avait déshabillée. Mais son corps était intact, elle le sentait .

En un éclair, elle se revit dans son appartement, ce vendredi d'octobre. Elle buvait du thé au jasmin. Elle était assise dans le grand fauteuil en osier, vêtue de son confortable pyjama gris, doux et chaud, tenant dans la main gauche le mug à motifs japonais. Elle avait des chaussettes épaisses aux pieds, parce qu'elle les avait souvent froids. Ils étaient repliés sous ses fesses, ses pieds.

On avait sonné, un coup bref qui l'avait fait sursauter. Elle avait jeté un coup d'œil à la pendule, il était 19h32, elle pensa à Odile, sa voisine souvent à court d'un ingrédient pour le plat qu'elle était en train de préparer et maugréant intérieurement, elle s'était levée en grimaçant, des colonnes de fourmis grimpant à l'assaut de ses jambes trop longtemps immobilisées.

Elle avait tourné la clé sans hésitation, ouvert la porte et avait à peine eu le temps de s'étonner de l'obscurité sur le palier.

Et puis ce réveil comme d'un coma, dans ce lieu inconnu.
Elle se souvenait parfaitement de tout, malgré la sensation de tête dans du coton, savait parfaitement qui elle était. Elle s'appelait Angèle Marie Martha Brissac, elle avait 58 ans.
Elle vivait seule et ne travaillait plus depuis 3 ans.

Elle avait été vendeuse dans une librairie catholique toute sa vie. Habillée pendant trente cinq ans d'une blouse descendant au genou, d'un bleu plus ou moins pâle selon les années. Cet uniforme peu seyant leur était imposé parce que le patron avait des exigences particulières, (de « vieux con » aimait-elle à penser au début. Le traiter intérieurement de tous les noms soulageait la colère qu'elle ressentait à se soumettre au bon vouloir de ce petit homme à lunettes, moustache et cheveu rare et gras, qui s'approchait exagérément pour lui parler et postillonnait abondamment.)
Il lui avait expliqué lors de l'entretien d'embauche que la clientèle respectable (bonnes sœurs, curés et autres grenouilles de bénitier) nécessitait une respectabilité tout aussi haute des employés du magasin, laquelle semblait passer, à son sens, par le port de ces blouses hideuses ! (Lui même en portait une gris foncé, qui le faisait ressembler à un instituteur d'une autre époque).

Il détailla donc à Angèle, d'une voix doucereuse, quels principes moraux étaient les siens, tout imprégnés de bondieuseries et elle fit mine d'opiner en tâchant d'éviter le plus possible, l'impact des « intempéries du langage » de son interlocuteur.

Elle devait d'ailleurs rapidement se rendre compte que le propriétaire de la librairie mettait sa soi-disant morale de côté, le temps de peloter les stagiaires quand sa femme, petite souris, grise elle aussi et comme transparente, n'était pas présente.

Heureusement, il avait rapidement renoncé à jeter son dévolu sur elle.

D'ailleurs, les hommes ne l'avaient jamais considérée comme une proie éventuelle, sans doute percevaient-ils cette sorte de force dont elle n'était pas consciente mais qui faisait d'elle une fille à part…

Pourtant, proie, elle l'est devenue semble-t-il. Quelqu'un l'a kidnappée, enfermée, droguée sûrement.

Qui ? Pourquoi ? Où est-elle ?

Elle a mal à la tête.

Elle regarde autour d'elle. La pièce semble enterrée, juste éclairée par une pauvre lumière traversant difficilement les vitres étroites d'une rangée de soupiraux. Ce lieu lui évoque un endroit décrit dans un roman policier qu'elle a lu il y a longtemps. L'unique vasistas de la pièce s'ouvrait au ras d'un trottoir et le personnage (qui n'était pas prisonnier, lui), entendait les bruits de la rue et voyait des pieds passer.

Elle n'entend ni ne voit rien. Les ouvertures sont très hautes, elle se rend vite compte qu'elle n'a aucun moyen de les atteindre. Quant à la porte, elle est bleue, métallique, plus large que la normale et bien sûr impossible à ouvrir quand elle appuie sur la poignée.

Le seul meuble est le lit sur lequel elle s'est réveillée. C'est un lit confortable, avec des draps propres et une couverture en mohair de couleur bleue également, qu'en d'autres circonstances elle aurait trouvée jolie.

 Dans le coin à gauche de la porte, un seau en silicone, avec un couvercle. On a mis un peu d'eau à l'intérieur et deux rouleaux de papier blanc ont été posés à côté. Il est placé devant des toilettes sur lesquelles un écriteau a été posé « WC actuellement hors service ».

Et tout au fond de la cave, elle découvre encore un lavabo sur le bord duquel une serviette est pliée. Elle veut se passer de l'eau sur le visage mais le liquide s'échappe des maniques et ruisselle sur sa tunique. Ça lui fait un bien fou cependant. Elle boit au robinet même si elle n'a pas très soif. Il faut qu'elle s'hydrate.

 Maintenant que son vêtement est mouillé, elle a froid. La fatigue lui tombe dessus, elle regagne le lit et s'enfouit sous la couverture. Mais le sommeil ne vient pas. Elle claque des dents sans savoir si c'est de froid ou de peur. Elle se met à sangloter, elle se recroqueville, elle s'est fait une sorte de grotte avec la couverture et tout à coup elle se rend compte qu'elle appelle sa mère morte depuis longtemps. A 58 ans, voilà qu'elle peut encore se sentir comme un enfant, terrorisé de son impuissance et de sa totale solitude. Les émotions finissent pourtant par la terrasser et elle sombre dans un sommeil agité.

Combien de temps a-t-elle dormi ? Il fait nuit maintenant.
Le léger grincement de la porte qui s'ouvre l'a sans doute réveillée. Elle tremble de tout son corps et resserre les draps autour d'elle. La silhouette qui s'encadre dans l'embrasure lui parait immense.
Puis la lumière jaillit des néons placés au-dessus de la porte et du lavabo.
L'homme est vêtu d'une cotte de travail grise à bandes rouges, une capuche dissimule sa tête et les ouvertures du masque neutre sur son visage ne permettent pas de distinguer la couleur de ses yeux.

Il s'approche lentement comme pour ne pas l'effrayer. Il n'est pas si grand qu'elle a cru d'abord. Est-ce que ça pourrait être une femme ? Ses mains, dissimulées dans des gants de cuir usé ne sont pas très larges. Il dépose un panier marron au pied du lit. Puis il la regarde. Elle se sent épinglée par ses yeux comme un papillon par l'aiguille de quelque collectionneur impitoyable. Un petit gémissement involontaire s'échappe de ses lèvres.

Il est reparti. Elle ne bouge pas pendant ce qui lui semble une éternité, paralysée par la terreur qui la submerge à nouveau.
Elle a finalement saisi le torchon à carreaux rouges qui recouvrait le panier, attrapé maladroitement et posé au bout du lit ce qu'il contenait : une bouteille d'eau minérale, trois grandes tranches de pain d'un brun foncé, une pomme, une poire et une banane, un bol en silicone avec un couvercle hermétique et une petite boîte carrée

en plastique. Elle contemple les aliments, les récipients qu'elle ne tente même pas d'ouvrir. Puis les remet dans le panier. Pas question qu'elle se nourrisse, qu'elle entre dans ce jeu qu'elle n'a pas choisi.

Elle se recouche. S'assied. Regarde ses mains. Elle ne pourrait plus tenir une cigarette. Étrangement elle n'a d'ailleurs aucune envie de fumer... Elle ne pourrait pas caresser...ni donner la main.
Ça ne va pas changer grand-chose pour elle. Elle n'est jamais vraiment entrée en contact physique avec ses semblables. Ou elle a fait semblant quand il le fallait. Sauf avec sa douce tante Julie...

Elle a toujours eu peur des autres au fond. Cherchant à les séduire, les amadouer pour qu'ils ne lui fassent pas de mal. Ou les repoussant s'ils cherchaient à s'approcher trop, les tenant à distance.
On l'a souvent trouvée froide et hautaine, elle n'était qu'apeurée. Les peaux humaines qu'elle a caressées, c'était mécaniquement, pour faire ce qu'on attendait d'elle. Celles des animaux lui donnaient davantage la possibilité de s'abandonner...
Quant à sa propre peau, elle l'a lavée, enduite de crème mais l'a t-elle jamais réellement touchée, sentie ?

Alors s'il croit la gêner avec ses gants ridicules l'autre abruti, il se met le doigt dans l'œil !
Dommage qu'elle même ne puisse pas le lui mettre, le doigt dans l'œil ! Ou dans le cul d'ailleurs ! Et elle se met

à rire de sa vulgarité tellement inhabituelle, d'un rire hystérique qui s'achève en plainte et en sanglots.

  Elle finit par plonger à nouveau dans un sommeil profond comme une tombe. Des cauchemars visqueux, pleins de personnages terrifiants la font crier et s'agiter violemment, sans qu'elle se réveille.

Lui

Je ne sais pas ce que Martha est devenue.

Depuis bientôt 3 mois, nous avions passé de nombreuses soirées à essayer de nous connaître.

Nous nous étions découvert de nombreux points communs. Mariés puis séparés, nous avons apprécié, l'un comme l'autre, notre célibat retrouvé... Puis eu envie de tenter à nouveau l'aventure du couple.

Ça faisait presque un an que nous nous étions inscrits sur ce site dédié aux plus de 50 ans et nous avions l'un et l'autre déjà eu de brèves expériences, non concluantes, avec une dizaine de personnes.

Nous avions également en commun d'avoir modifié notre profil, clarifiant au fil des rencontres nos objectifs réels et nos attentes profondes.

A presque 400 kilomètres l'un de l'autre nous n'avions pas encore eu de rendez-vous physique, même si nous avions commencé à en parler, comme de la cerise sur le gâteau.

Et je dois dire que je n'étais pas pressé, tant le gâteau était bon...

J'ai commencé à aimer Martha le sixième soir.

Je m'en suis rendu compte en éteignant l'ordinateur à une heure du matin.

Nous nous étions souhaité bonne nuit à regret parce que nous aurions volontiers dialogué jusqu'à l'aube mais que je devais me lever tôt et qu'il fallait bien être raisonnable.
Et lorsque j'ai fermé les yeux, allongé dans mon lit, l'évidence m'a frappé : avec cette femme j'avais envie d'écrire une page de vie.
Je vibrais en lisant ses mots. Comme elle n'avait pas ajouté de photo à son profil je ne sais quels indices me permettaient juste de savoir qu'elle avait des cheveux châtain mi longs et un visage en forme de cœur. Peut-être que je l'imaginais... J'avais aussi l'impression de connaître sa voix alors que je ne l'avais pas encore entendue...
En 2017, dans un monde qui t'incite à baiser le premier soir ou à te contenter de retrouver l'autre virtuellement, notre relation avait quelque chose d'anachronique et de désuet. Je vivais ce long préambule comme des fiançailles et mon côté vieux romantique y trouvait son compte. Quant à ma partie blessée, échaudée, elle se sentait peu à peu rassurée.
Je savais que Martha avait, elle aussi, envie que nous allions plus loin ensemble. Elle me l'avait dit à mi mot.
Et voilà qu'elle était inscrite aux abonnées absentes.

Avant-hier soir, jeudi, voyant qu'elle n'apparaissait pas comme d'habitude entre 20h30 et 21h, j'avais pris un bouquin tout en restant connecté. Mais je levais trop souvent les yeux vers l'écran pour réussir à me plonger dans ce polar qui pourtant m'avait tenu en haleine jusque là.

Vers 22h, j'ai bu une bière que je n'ai pas appréciée, même si elle était glacée comme j'aime, et mangé sans appétit un morceau de pain avec du comté. J'ai rangé quelques bricoles dans la cuisine, suis allé me brosser les dents, j'ai versé de l'eau fraîche dans la gamelle de Falco et je suis repassé devant l'ordinateur qui s'était mis en veille.
 Je me suis reconnecté, rien.

 Ma nuit a été agitée et ma journée pas fameuse.
En arrivant à l'école, je me suis engueulé avec mon collègue Jean-Pierre que j'apprécie habituellement, pour des broutilles, une histoire de photocopieuse bloquée.
Quant aux gamins, je les ai trouvés exécrables. A 9h, Axelle avait fait pipi dans sa culotte, Louis et Ivan s'étaient déjà donné des coups de pieds et couinaient tous les deux et Abel avait coupé une grosse mèche de cheveux à Lila qui avait désormais un véritable trou dans sa belle chevelure rousse ! J'allais devoir expliquer ça à sa mère laquelle était bien capable de me traiter à nouveau d'incompétent et de menacer d'en référer à ma hiérarchie. Quant à Josette, mon adorable « dame de service », elle semblait contrariée sans que j'arrive à savoir ce qui la mettait dans cet état de morosité.

 De 18 à 19h j'ai fait ma promenade habituelle avec Falco. Ses galopades et son enthousiasme n'ont pas réussi à me mettre en joie.
Le ciel était très clair et étoilé et je me suis demandé si Martha le regardait elle aussi depuis son petit appartement.

L'autre

La voilà toute mienne. Elle ne faisait pas la maligne ! J'ai presque eu envie de la rassurer. On aurait dit un petit animal effrayé ou un enfant. L'espace d'un instant, je l'ai crue fragile et j'aurais voulu la serrer contre moi.
Mais je sais bien qu'elle est forte et qu'elle méprise « la glu des affects ».
- Les certitudes, je les laisse aux bulldozers et la tendresse aux vers de terre.
Elle aime à t'envoyer des formules grandiloquentes à la gueule, mi-moqueuse, mi-condescendante et toi, face à elle, tu te sens nul, de la merde.
Des années que ça dure.
Seulement, à partir de maintenant, c'est moi qui tiens les rênes !
J'avais soigneusement planifié l'opération qui s'est déroulée nickel.
Elle a bien joué son rôle de victime cette chère Angèle ! Elle a fait exactement ce que j'avais prévu, s'est endormie le temps voulu, s'est laissée déshabiller comme une petite fille obéissante.
J'ai attendu chez elle que tout soit tranquille dans la rue, je l'ai sortie de l'immeuble à 1h30 (je l'ai trouvée étonnamment légère !), ni vu ni connu, et amenée dans sa nouvelle demeure.
Tout était prêt pour la recevoir. En la portant pour lui faire passer le seuil, j'ai pensé qu'en ce jour de mes 45 ans, elle était enfin devenue, ma petite femme à moi ...

Elle

Elle s'est réveillée en sursaut. Une de ces horribles bestiole à mille pattes courait sur son bras. Elle a poussé un cri et en voulant chasser l'insecte a découvert la manique. D'abord elle n'a plus vraiment su où elle était. Et là, tout lui revenait, lui éclatait au visage : la prison, le ravisseur, le masque terrifiant.

Qui est cet homme ? Que peut-il bien vouloir ? La violer ? Il l'aurait déjà fait et elle ne surestime pas ce qui lui reste de sex-appeal...De l'argent ? Elle n'a plus de famille, seulement une tante en fin de vie et personne ne paiera une rançon pour elle. A moins qu'il ne lui demande de l'argent à elle-même, pour sa propre libération !

Elle ne se connaît pas d'ennemi ou en tout cas ne voit pas qui pourrait lui en vouloir au point de la séquestrer. Quelque chose dans la silhouette entrevue lui a pourtant paru familier. Ou est-ce un geste qu'elle a reconnu...

Pourrait-il être un amant éconduit ? Elle n'y croit guère car si elle a croisé, effleuré beaucoup d'hommes. ils sont entrés et sortis de sa vie sans remous.

A part peut-être Xavier... Il l'a harcelée quelque temps, a hurlé et dormi devant sa porte plusieurs nuits, buvant du whisky et la menaçant. Mais c'était il y a dix ans, peut-être même douze. Il y a prescription.

 Elle pense tout à coup à celui avec qui elle communique depuis quelques mois sur un site de rencontres, Billy.

Non, c'est improbable, il ne sait rien d'elle, ou si peu, comment l'aurait-il trouvée ? Et ça n'est pas un tordu, elle en est sûre.
Et puis il y a tous ceux qu'avant lui, elle a connus grâce à ce même site, avec qui elle a parfois bu un verre.
Max, un des derniers. La taille correspondrait. Ils avaient échangé quelques semaines, elle appréciait son humour. Quand ils ont décidé de se rencontrer dans un bar, elle l'a trouvé si laid qu'elle n'a pu que le lui dire très vite. Est-ce que ça pourrait être lui ? Elle a pourtant eu l'impression qu'il n'était pas étonné, peut-être même agréablement surpris de sa franchise. Mais est-on toujours conscient du mal que l'on fait ? Max aurait-il été blessé au point de vouloir se venger ?
   Serait-on en train de lui faire payer quelque chose ? Cette hypothèse s'infiltre en elle sans difficulté.
La culpabilité est une de ses ombres fidèles...
Il lui est souvent arrivé de rêver qu'elle était devant un tribunal et devait justifier de ses actes, de ses pensées, de son existence même.

Lui

Voilà une semaine que Martha a disparu. Et je suis impuissant. Je sais qu'elle vit à Lyon, qu'elle aime, tout comme moi, les livres, la musique et les animaux, qu'elle mesure 1m56. Comment la retrouver avec ça ? J'ignore son adresse, son nom, son âge exact, elle m'a dit être proche de la soixantaine. Je crois que nous avions compris l'un et l'autre qu'on ne connaît pas une personne lorsqu'on sait son âge, sa profession et sa nationalité.
C'est ça que j'ai aussi apprécié chez elle, cette absence de curiosité envers ce qui fait mon identité sociale.

J'aime marcher dans la forêt. Falco furette, s'élance derrière une odeur, revient toujours bredouille et haletant, me lèche la main puis repart sur quelque autre piste. Je chemine à une allure régulière et plutôt lente, tous les sens en éveil. J'écoute les oiseaux, le bois qui craque, les feuilles bruissantes. Je hume la terre, le champignon, la sève. Mes doigts frôlent l'écorce, le feuillage me caresse le front, mes pieds s'enfoncent dans la mousse et l'humus. Mon regard happe le vert, le ciel entrevu, la danse des derniers insectes dans un faisceau de lumière. Je me sens vivant, heureux, relié.
 Je sors mes bottes du coffre de la voiture, les passe sous le robinet du jardin pour enlever la boue. Je laisse Falco

au sous-sol le temps que la terre tombe de son poil. Je vais prendre une douche bien chaude et c'est lorsque je me regarde dans le miroir embué que Martha surgit à nouveau.

   Mes messages, j'en ai envoyé trois, restent sans réponse. Je ne sais plus que penser.
C'est tout de même bizarre qu'une personne qui n'a aucune existence tangible dans la mienne, puisse à ce point occuper mes pensées. Ma vie se trouve chamboulée de l'absence de celle qui n'y fut jamais réellement présente. Et je ne parviens pas, ne souhaite pas tourner cette page écrite à l'encre invisible. Quelque chose en moi me dit de ne pas le faire. Pas encore en tout cas.

   Ce matin, le petit Théo, un blondinet rieur au regard d'azur m'apporte une fleur de chrysanthème déjà un peu fanée sur sa tige trop courte .
- Maître, c'est pour toi, il faut la mettre dans un vase.
- Merci Théo, je suis très content.

Josette trouve un pot de verre étroit et je pose le soliflore improvisé sur mon bureau.
Alban pleurniche parce qu'il ne retrouve pas son deuxième chausson.
Les jumeaux Paul et Basile entrent dans la salle de classe en se tenant par la main et comme chaque matin, attendent que je leur confirme qu'ils peuvent se rendre dans le coin- jeu de leur choix.
- Basile, où veux-tu aller jouer ? Il reste de la place au coin garage et à la bibliothèque. Ou bien tu peux prendre un puzzle…

Basile regarde Paul de ses grands yeux bleus et c'est Paul qui répond :
- Au garage
Et sans se lâcher, ils se dirigent vers les voitures.
Alice tire le pan de ma chemise.
- Que veux-tu Alice ?
- La cantine
Elle voudrait la liste des enfants qui mangeront à la cantine pour aller mettre leur photo dans le tableau prévu à cet effet. Je la cherche sur mon bureau bien trop encombré et la lui donne.
Je demande pour la troisième fois à des enfants bruyants de chuchoter.
La journée d'école commence.

La semaine est terminée. Il est 22h. Je suis assis devant mon ordinateur que je viens d'éteindre. Et brusquement, me prend l'envie d'aller danser, de me fondre dans une foule de corps, de transpirer avec eux, de boire quelques bonnes bières, de sourire à des femmes.
Lorsque j'étais marié, dans une autre vie, Myriam et moi allions danser au moins une fois par mois. J'aimais guider son corps souple et musclé, nous nous accordions parfaitement et c'était pour moi du bonheur pur. La regarder danser, seule ou avec un autre partenaire, me donnait également du plaisir. J'aimais cette femme dont je partageais la vie depuis 12 ans, ma femme ! Je la trouvais toujours belle et désirable et je pensais être aimé d'elle.
Quand je l'ai surprise à moitié dévêtue, gémissant sous les assauts d'un éphèbe blond qui aurait pu être son fils,

je suis resté interloqué. Elle ne m'avait pas vu, j'ai remonté les escaliers et suis retourné m'asseoir à la table que nous occupions dans la boîte de nuit. Elle est revenue peu après, recoiffée, l'air enjoué. Son portable a vibré, elle y a jeté un œil, a retenu un sourire.

Je n'étais pas quelqu'un de méfiant ni de jaloux. Un bon gros naïf, voilà sans doute comme elle me voyait. Je croyais que quand on était bien avec quelqu'un et que ça semblait réciproque, on n'allait pas chercher ailleurs ce qu'on avait déjà... Et pour moi, il n'y avait aucune raison d'imaginer qu'une situation puisse se dégrader sans signe avant coureur. Je me trompais.

Lorsque je récupère mon manteau au vestiaire, une petite blonde mutine me regarde avec insistance. Nous échangeons un sourire. Nous nous retrouvons chez elle, elle habite tout près. Elle me propose de faire du café. Je l'attire et repousse la mèche de cheveux qui lui tombe devant le visage. Elle se recule et me regarde.

- T'as quel âge ?
- Cinquante-cinq
- Je ne sais pas si c'est flatteur de te dire ça mais c'est la première fois que je vais coucher avec un vieux. Moi j'ai 29, bientôt trente, dans 2 jours.

Nous nous déshabillons, elle est toute menue, je préfère habituellement les femmes plus en chair qui ont un côté bien vivant et rassurant. Je mets un préservatif et je commence à la caresser doucement. Elle a un piercing au nombril, en forme de goutte d'eau bleue, et une petite fleur de la même couleur tatouée tout en bas du dos. La voilà qui s'agite et j'en déduis qu'elle s'ennuie, qu'elle préfère que ça aille vite.

Falco me fait la fête. Il est toujours content de me voir quelle qu'ait été la durée de mon absence. C'est une chance d'être ainsi accueilli. Je prends une longue douche chaude puis froide. Je décide de ne pas me raser.

Je ressors prendre un crème et deux tartines « Chez Jacqueline », mon café de prédilection. Il fait encore nuit. A cette heure, les gens à moitié endormis ou pas bien réveillés n'ont aucune envie de communiquer.

Ça me convient.

Elle

Il est revenu, a constaté qu'elle n'avait pas mangé. Elle l'a défié du regard, qu'est-ce que tu dis de ça hein ? Qu'est-ce que tu vas faire, me pincer le nez pour m'obliger à ouvrir la bouche et me gaver comme une oie ?
Il l'a regardé d'un air indifférent. Il a laissé la pomme sur la table, repris le reste des aliments et déposé au sol un autre panier, rose celui-là.
- Un panier de gonzesse, tu l'as emprunté à ta femme, à ta fille, à ta mère ? Plutôt à ta mère. Tu n'as certainement dans ta vie qu'une vieille mère castratrice. Connard !
Ce dernier mot, elle le prononce réellement, mais si bas qu'elle est sûre qu'il ne l'entendra pas. Pourtant il se retourne et la regarde à nouveau. Elle se recroqueville sous le drap. Il a déjà refermé la porte. Alors elle saute du lit et se précipite vers l'issue à une vitesse dont elle ne s'imaginait pas capable sur ses jambes flageolantes. Elle frappe le métal de ses mains de silicone, encore et encore. Et elle crie, elle hurle :
- Ouvre salopard, ordure, connard, ouvre, ouvre, ouvre...

Et puis elle reste les bras levés contre la porte, épuisée. Toute sa colère a disparu.
Elle revient lentement vers le lit. Elle attrape le panier au passage. Entre ses deux maniques. Du pain, de l'eau, du raisin, une autre poire, une orange sans son écorce.

Elle sourit sans s'en rendre compte. Elle ouvre le bol à couvercle avec ses dents. Il contient une soupe appétissante et qui fume encore. Elle en boit un peu, c'est chaud, c'est bon.

L'autre

Oh comme j'ai aimé l'écouter hurler !
J'en espérais davantage, des sanglots après les cris. Mais c'est le silence qui a suivi.
Elle continue à me surprendre, je continue à l'admirer... Ce n'est pas ce qui était prévu.
Quand elle était inanimée, je l'ai portée, je connais son poids. Je l'ai déshabillée, je connais son corps.
Je l'avais déjà vue nue dans les loges du théâtre, nous n'avions pas le temps d'être pudiques avant de monter sur scène, nous nous déshabillions tous rapidement, sans que cela semble poser problème à quiconque.
Là, j'ai pu le regarder tout à loisir ce corps, comme s'il m'appartenait.
Je ne l'ai pas touchée, ça ne m'intéresse pas. Pas parce qu'elle n'est plus toute jeune. Ça n'a rien à voir. Je ne suis pas un obsédé du sexe et surtout pas un violeur.
Ce que j'aimerais, c'est savoir ce qu'elle a à l'intérieur.
Et je voudrais avoir du pouvoir sur elle, pas sur son être physique mais sur ses pensées. Qu'elle ne puisse plus m'ignorer, qu'elle me considère, qu'elle soit forcée de m'admirer...

Lui

Je me regarde dans le petit miroir, accroché au mur par une ficelle, à droite de la fenêtre.
Quand Myriam habitait avec moi, nous avions des miroirs partout. Elle aimait constater qu'elle était belle...
Elle a pris le grand miroir Art Déco qui se trouvait au-dessus des vasques dans la salle de bain. C'est elle qui l'avait choisi, nous l'avions payé moitié/moitié mais je n'ai eu aucun regret de ce qu'elle l'ait emporté.
Elle a emmené avec elle tout ce qu'elle souhaitait, je n'avais pas l'esprit à discuter, je me foutais royalement des meubles, objets, appareils culinaires.
- Tu t'es fait plumer, m'a gentiment dit ma mère.
Peut-être mais pas de la façon à laquelle tu penses maman...
 J'observe donc mon image dans ce petit miroir racheté par mes soins après le départ de Myriam.
Je n'ai pas l'habitude de me regarder vraiment, je vérifie juste où passe le rasoir pour éviter de me couper.
Et là, mes yeux accrochent ceux du miroir, les voient tristes et cernés, descendent vers la bouche...
J'ai une belle bouche, je me le suis entendu dire par de nombreuses femmes, copines, amies ou amantes. Mais elle est triste elle aussi, peut-être même amère... Mes joues se sont creusées. Mes cheveux sont un peu trop longs.
Est-ce que Martha pourra aimer ce bonhomme ni jeune ni gai ?

Elle

Étrangement, elle a bien dormi.
Elle se souvient du rêve qu'elle faisait juste avant son réveil. Son amie Sylvie frappait à la porte de son appartement et quand elle lui ouvrait, celle-ci lui disait sur un ton grave :
- Je viens t'annoncer que je ne m'appelle pas Sylvie, je m'appelle Angèle. Nous avons été échangées à la maternité. Tes vrais parents, ce sont les miens.
Elle lui répondait alors :
- Mais pourtant, je ressemble à mon père !
Et Sylvie éclatait de rire comme si elle disait une absurdité.
Ça fait bien longtemps qu'elle n'a pas vu Sylvie...

Elle se passe de l'eau sur le visage, s'essuie avec la serviette qui sent bon, la lavande peut-être, ou le lavandin plutôt. Elle n'a pas de miroir. Elle avait l'habitude de s'y scruter chaque matin d'un regard impitoyable qui traquait les rides, taches, rougeurs.
Elle aimerait, faute de les voir, palper ses traits pour y déceler d'éventuelles modifications, mais même ça, elle ne le peut pas.
Elle boit de l'eau à la bouteille, déchiquette à coups de dents l'orange qu'elle trouve délicieuse. Le jus sucré et acide à la fois, lui donne un plaisir étonnant. Elle coupe la queue de la banane avec ses dents et la recrache au

dessus de la poubelle en plastique bleu qu'il a déposée lors de sa dernière visite. (Il semble connaître son penchant pour cette couleur en matière de décoration...) Puis elle déshabille le fruit non sans mal et en mange la moitié.
Elle ne sait pas pourquoi, mais elle se sent comme une petite fille découvrant des saveurs inconnues.

En ce qui concerne le seau, elle déteste déféquer dedans et savoir qu'il va le vider ! Comme la plupart des chats, elle aimerait cacher ses excréments.

Elle s'assied en tailleur sur l'oreiller qu'elle a posé au sol. Elle a mis la couverture sur ses épaules. Elle avait pris l'habitude de faire une courte méditation le matin, avant de foncer dans les activités du quotidien. C'était devenu son temps à elle, une sorte de parenthèse heureuse, qui lui permettait de reprendre contact avec qui elle était vraiment.
Et ça, elle peut le reproduire ! Même, surtout, dans cet univers hostile. Et encore mieux, comme elle a tout le temps, elle peut faire durer ce recueillement ! (C'est ce terme qui lui vient. Elle trouve le mot joli, on croirait qu'il est question de fleurs).
Elle peut donc prolonger si ça lui chante. Et chanter aussi pourquoi pas ? Elle le faisait sous la douche. S'époumoner (même faux), lui procurait un bonheur fou...
Elle respire sur quatre temps comme elle l'a appris à son cours de yoga : Inspire : le printemps. Poumons pleins : l'été. Expire : l'automne. Poumons vides : l'hiver.

Et passent les saisons...

Même s'il lui arrive encore de se sentir une petite fille à l'intérieur, elle a 58 printemps, 58 étés, 58 automnes et bientôt 58 hivers à son actif...

Tout à coup, l'absurdité de la situation lui saute aux yeux. Elle est enfermée, à la merci d'un fou muet, les mains ensachées, et elle médite !

Brusquement, elle se voit telle qu'elle est, totalement impuissante et tellement ridicule.

Ses larmes coulent puis c'est la colère qui monte en elle, la submerge. Elle se met à mordre le plastique entourant ses doigts mais ne réussit qu'à se faire mal aux dents. Elle frappe le lit avec mains et pieds, hurle de rage. Un son qu'elle n'a pas appelé sort d'elle, terrible lui semble-t-il, capable de traverser les murs. Elle se rend compte qu'elle a renversé la tête telle une louve et que le cri sauvage sortant de son gosier semble celui d'une bête. Elle le laisse gronder, rouler, s'enfler. Elle est maintenant roche, matière en fusion... Elle ne sait plus qui elle est.

Et puis le flot se tarit soudainement. Elle réintègre son corps. Elle se sent vidée de toute émotion, parfaitement calme. Et elle reprend sa méditation.

Des images de sa vie d'avant apparaissent, défilent, très anciennes.

Elle revoit sa grand-mère, cette longue femme maigre et silencieuse, toujours de noir vêtue (non, elle ne se prénommait pas Barbara !!!), égrenant son inséparable chapelet. Elle lui donnait des tartines de beurre saupoudré de sucre ou de Banania pour son goûter, et de l'amour. L'amour coulait d'elle librement, sans qu'elle

dise rien, juste un geste réconfortant, un regard doux et Angèle se sentait reconnue.
Et puis, se sont les chiens de sa vie qui défilent. Toute sa famille canine ! Raya, la superbe Samoyède, tellement tendre, Mica, l'adorable petit griffon noir, frétillante et espiègle, Maddison, la cocker dorée, gourmande jusqu'à la boulimie, totalement dévouée à sa maîtresse.
Angèle l'avait adoptée à la SPA où elle attendait la mort depuis de longs mois, apathique et résignée. Personne ne voulait de cette chienne obèse, âgée de 7 ans. Elle n'avait pu résister à son regard si triste. Par la suite, Maddison avait retrouvé la ligne et une nouvelle vivacité. Et sa reconnaissance semblait sans bornes !

La nourriture qu'il lui apporte est saine et savoureuse. Fruits, légumes et légumineuses, céréales.
De même qu'il semble connaître ses goûts en matière de couleurs, on dirait qu'il sait qu'elle ne mange pas de produits animaux.
Il y a quelques années, le livre d'un journaliste végétarien a mis en évidence ce qui couvait en elle : elle ne voulait plus cautionner de quelque manière que ce soit les souffrances infligées aux « bêtes ».
Elle s'est mise à dénoncer les tortures pratiquées impunément sur des êtres sans défense et sans voix. Elle exècre les camions de transport des animaux, les barreaux à travers lesquels on aperçoit un mufle baveux ou des yeux affolés. Elle déteste les publicités menteuses montrant des bêtes heureuses à la ferme, au zoo ou dans un cirque. Elle ne supporte plus ce qu'elle entend dire de la façon dont les animaux sont élevés, maltraités, abattus

partout, sur terre et en mer, pour leur chair, leur peau ou toute autre partie de leur corps. Elle voit les flots de sang de tous ces êtres égorgés, mis à mort de façons plus odieuses les unes que les autres. Elle entend des mugissements de terreur, les pleurs des mères qui cherchent leur progéniture, les cris des bébés qu'on a fait naître, juste pour les abattre...

Manger ces pauvres créatures dont elle sait la sensibilité et qui lui ont donné tant de bonheur, serait participer à leur massacre et les trahir.

Angèle ne se sent pas sûre de son bon droit et de sa supériorité par rapport aux autres espèces ...Elle croit ceux qui disent que l'évolution de l'humanité passera forcément par un meilleur respect des animaux. «Quand les bêtes sauront qu'on les met dans les plats »...

 A 10 ans, elle avait appris par cœur le poème de Victor Hugo, *Le crapaud*, et toute petite déjà, avait pleuré sur le malheur des animaux livrés à leurs bourreaux. Elle a eu honte à maintes reprises d'appartenir à la race humaine, se demandant si tant de cruautés gratuites envers ceux qui n'ont pas la parole, pourraient jamais être réparées.

 Elle l'entend arriver. Il est plus tard que d'habitude, il fait presque nuit. Une porte grince, il descend probablement un escalier. Il entrouvre maintenant le battant métallique avec précaution et vérifie qu'elle n'est pas embusquée à l'attendre.

Bien sûr, elle y a songé, à le prendre par surprise, à l'attaquer et à fuir. Mais elle n'a rien qui puisse lui tenir lieu d'arme. Il a pensé à tout. Les objets mobiles sont mous. Et elle ne pense pas pouvoir sortir vainqueur d'un corps à corps !

Elle se surprend à éprouver une certaine joie en apercevant sa tête masquée et un amusement certain à deviner ses yeux qui la cherchent. Elle s'est assise dans le coin le plus reculé à gauche du lit.

Il tend le bras vers l'interrupteur et la lumière lui fait cligner les yeux. Elle pourrait jurer qu'il sourit en la voyant.

Elle est maintenant certaine qu'il ne lui veut pas de mal. Elle le regarde déposer les aliments, remplacer le seau. Elle lui dit :

- Je voudrais de quoi écrire.

Eux

- Bonjour madame Filot, vous allez bien?
La charmante voisine a entre soixante-dix et quatre-vingt ans, Odile ne sait pas précisément. Elle est toute petite et menue. Elle a ressorti son manteau d'hiver en laine chinée beige. Ses fins cheveux gris permanentés laissent entrevoir la peau rose de son crâne. Elle porte des lunettes toutes embuées et un panier avec pas grand chose dedans.
- Ah bonjour Odile. Oui ça va. Je suis allée faire mes petites courses. Il fait froid aujourd'hui, ça sent l'hiver. Et vous, comment allez-vous?
- Ça va... Je viens de faire une soupe poireaux-pommes de terre, vous en voulez un peu?
- Avec plaisir Odile, c'est gentil.
- Je vous en mets dans une thermos et je vous l'apporte.

Odile entre chez Germaine Filot qui tient la porte pour la laisser passer. Son petit appartement est toujours propre et bien rangé. (Pas comme chez moi, je devrais en prendre de la graine, pense Odile.)
Elle pose la soupe sur la toile cirée bleue à carreaux blanc. La cuisine est accueillante. Madame Filot a toujours un bouquet ou une plante fleurie sur son buffet. Aujourd'hui c'est un cyclamen rouge.

- Il est joli votre cyclamen (Pour une fois qu'elle connaît le nom d'une plante, Odile le fait savoir), et ça sent bon les pommes cuites !
- Ah, j'ai fait une tarte.

Les deux grandes tasses blanches ornées d'un fil doré sont déjà sur la table et madame Filot remplit celle d'Odile qui boit du café à toute heure, mais n'en verse qu'un fond dans la sienne.
- Est-ce que vous avez vu Angèle ces temps-ci ?
- Mais non, j'allais vous en parler justement. Je suis étonnée, d'habitude elle me demande de relever son courrier quand elle s'absente. Je l'ai fait, la boîte débordait, mais elle ne m'avait rien dit avant de s'en aller...
- Elle est sûrement partie en urgence. (Germaine gratte de l'ongle une salissure imaginaire sur la nappe.)
- Oui, j'ai pensé que l'état de sa tante s'était peut-être aggravé, vous savez sa tante Julie dont elle est très proche.
- Ah oui, c'est peut-être ça...
- C'est ce que j'ai pensé. Mais bon, elle connaît mon numéro, elle aurait pu passer un coup de téléphone.

Odile continue à faire tourner sa cuillère dans son café alors que le sucre doit être dissous depuis longtemps . Ça produit un bruit désagréable mais madame Filot ne se permettrait pas de le lui faire remarquer. Chacun ses manies. Elle jette un coup d'œil discret à son horloge. Elle a l'habitude de déjeuner tôt, vers 11h30 et il est déjà 11h42.
- Je vous mets un morceau de tarte dans du papier d'aluminium, ça vous fera un petit dessert.

En fait, c'est avec la demi tarte qu'Odile remonte dans son appartement.

Elle en ressort aussitôt et, par acquis de conscience, va frapper à la porte de son amie. Sans résultat, comme elle le pressentait.

Elle revient lentement chez elle.

C'est quand même bizarre qu'Angèle ait disparu comme ça, brusquement, et qu'elle ne se soit pas manifestée depuis bientôt dix jours.

Odile commence à vraiment s'inquiéter.

Machinalement, elle compte les enveloppes adressées à sa voisine et qu'elle a posées sur la petite commode dans son entrée : il y en a sept.

L'autre

Je crois que je n'ai jamais été aussi heureux. La voir tous les jours, la nourrir, vider son caca !
Je ris sans bruit.
Elle dépend totalement de mon bon vouloir ! Comme un bébé...
Dire que je n'ai jamais pu, seulement imaginer, avoir un mioche, un chiard, un moutard, un gosse quoi !
Mettre à sa merci un petit être qui n'a rien demandé quelle horreur !
Comment peut-on se sentir assez digne de confiance pour provoquer ça ?
Une grande partie des hommes est incapable de faire face à ses propres besoins ou de s'occuper correctement d'un animal.
Et pourtant, ces mêmes humains se croient pour la plupart, aptes à prendre soin d'un des leurs, de sa naissance à l'âge adulte !
Quelle grotesque prétention !

Et puis je suis sûr qu'ils n'ont pas songé, tous ces procréateurs si fiers d'eux même et de leur progéniture, qu 'en donnant la vie, ils donnaient forcément la mort !

Elle

Au début, le pire, c'était de penser à tante Julie qui devait imaginer qu'elle l'avait abandonnée.
Elle ne pouvait pas supporter de lui occasionner de la souffrance. Elle enrageait et pleurait de son impuissance.
Et puis, peu à peu, à ça aussi elle se résigne.

Elle regarde ses pieds. Elle vient de les laver. Ils sont glacés et elle aimerait les masser. Elle ne peut pas. Et ses ongles ont poussé. Ceux de ses mains aussi probablement.
Elle n'est pas assez souple pour les ronger comme elle a vu de jeunes enfants le faire.
Elle a une nouvelle tunique, bleu turquoise. Il lui en apporte une tous les deux jours, bien pliée sur le panier. Elles sont toutes sur le même modèle, en lin et coton, de couleurs différentes mais toujours dans des tons pastels. Elle a eu la blanche d'abord, puis une jaune paille, une vert pâle, une saumon, une gris perle et elle porte désormais la turquoise.
Ça lui fait penser à un article qu'elle a lu dans un magazine féminin et disant qu' Angela Merkel achèterait ses vestes à la douzaine, avec juste des couleurs différentes.
Ça lui fait désormais deux points communs avec la chancelière ! Elle a un petit rire sans joie.

Elle se met à compter ses jours de captivité à l'aide des tuniques : blanche : 2, jaune : 4, verte : 6, saumon : 8, grise : 10... Voilà déjà 11 jours qu'elle est enfermée...

Elle regarde la tunique turquoise comme si le pourquoi de cet enfermement se dissimulait dans la trame du tissu . Et puis elle la fait passer par dessus sa tête et contemple son corps. Elle a minci. Ses seins tombent un peu mais elle ne fait pas ce geste machinal qu'elle avait dans sa vie d'avant pour les redresser. D'abord parce qu'elle a les maniques et puis parce qu'elle n'en éprouve plus le besoin. Elle les trouve touchants, si pâles et veinés de bleu. Son ventre n'est pas plat mais elle n'a pas de graisse, son nouveau régime alimentaire lui va bien. Elle s'enlace et se serre elle-même dans ses bras. Ce corps est finalement le seul ami qui lui reste. Toujours là, s'adaptant, fidèle. Une bouffée de tendresse la submerge.

 Dire qu'elle l'a tellement haï : pas conforme, pas parfait, trop ceci, pas assez cela... Elle l'a comparé, caché, malmené, livré à toutes sortes de mains. Elle l'a pesé, enfermé, mis au régime, trituré, affamé, gavé, assoiffé, saoulé, épuisé, enfumé... Et il est toujours là, beau de son âge, avec ses marques, ses cicatrices, ses blessures secrètes. Elle le sent vibrer, palpiter, en vie.

Envie de rire et de pleurer de bonheur le corps, d'être là, accepté, reconnu. Envie de chanter et de danser, elle le laisse faire et ils se mettent à tournoyer, longtemps...

 Un bruit la fait stopper net et remettre le vêtement. Non, ce n'est pas lui. Elle prête l'oreille un moment. Il pleut.

 Elle s'allonge sous le drap. Lui viennent les mots de Greame Allwright : « Jolie bouteille , sacrée bouteille»,

sans doute parce qu'il y est question de pluie, peut-être aussi parce qu'elle boirait bien un verre de vin à la santé de son corps !
« Un p'tit verre contre les vers », comme disait son grand-père paternel. Elle sourit.
Elle fredonne le refrain de la chanson mais se rend compte qu'elle a oublié une grande partie des paroles.

Quand elle était pensionnaire au lycée, les soirs d'été, ils sortaient, garçons et filles mêlés, s'asseyaient sur la pelouse jaunie, quelques uns avec des guitares, Paola avec son harmonica, et ils se mettaient à chanter, pas trop fort pour ne pas réveiller la « surge » (surveillante générale), Brassens, Brel, Cohen, Allwright, Ferrat, Ferré, Moustaki... A l'époque, elle connaissait par cœur un tas de chansons. Les voix s'unissaient, montaient vers les étoiles et elle se sentait parfaitement heureuse. « C'est une maison bleue, accrochée à la colline... »
Elle se met à fredonner et étrangement, elle ressent quelque chose qui ressemble au bonheur.

Lui

Ce soir c'est Conseil d'École.

Un nom pompeux pour une réunion à laquelle les enseignants sont conviés (comprenez : sont obligés de participer).

Et qui n'est, le plus souvent, d'aucune réelle utilité (ce n'est que mon avis personnel)...

Le directeur annonce l'ordre du jour, quasiment le même chaque année. Les représentants des parents d'élèves prennent des notes, appliqués comme des écoliers.

C'est au tour de ma collègue Albertine, mademoiselle Roville, de s'exprimer et elle devient toute rouge. Sa voix est mal assurée au début puis s'affermit mais on sent qu'elle quête l'approbation de chacun de ses propos.

Pour ma part, j'essaie de faire un peu d'humour, ça détend l'atmosphère et m'attire la sympathie de la gent féminine.

Madame le Maire chausse ses lunettes et fait part de ses réflexions et interrogations. Pour la forme... Elle ne semble pas se souvenir qu'elles étaient les mêmes au précédent Conseil. Je retiens un bâillement et étire mes jambes sous la table.

Puis les questions diverses permettent aux parents de se soulager de leurs récriminations.

Lorsque nous sortons, il fait nuit noire.

- Bon et bien en voilà encore un de fait, dit Jean-Pierre en allumant une cigarette, ses doigts jaunis tremblant légèrement sur le briquet.
- Oui, les nouveaux parents d'élèves sont plutôt sympas et quelques questions étaient pertinentes.
- Dommage que madame Richelieu ait été réélue. Elle par contre, toujours aussi chiante, passez-moi l'expression mais je n'en trouve pas d'autre qui convienne aussi parfaitement!
- On pourrait dire qu'elle manque de confiance en elle et qu'elle a besoin de trouver quelque chose de négatif à dire pour se sentir exister.
- Tu trouves des excuses à tout le monde, tu es trop gentille Albertine, comme d'habitude.
- Peut-être... Je ne suis pas sûre qu'on puisse être trop gentil...Mais bon c'est pas tout ça, j'ai de la route à faire, moi. Allez bonne soirée et ne rêvez pas de madame R. !
- Bonne nuit tout le monde! A lundi !

Nous nous dirigeons vers nos voitures respectives. Je rallume mon téléphone et je vois que j'ai un message . Je l'écoute pendant que le pare-brise finit de dégivrer. C'est ma mère qui se plaint de ce que je ne lui ai pas donné signe de vie « depuis au moins 15 jours ».
Toujours le sens de l'exagération cette chère mommy !

Je me réchauffe un bol de soupe au potiron dans le micro-ondes, prends un croûton de pain et coupe une large part de Chaource , en donne un infime morceau à Falco qui suit d'un regard énamouré tous mes faits et gestes (en particulier lorsqu'ils sont en lien avec la nourriture...), me sers un verre de vin et m'installe dans

mon fauteuil, toutes les victuailles sur le guéridon, à portée de main et de bouche.
 Je suis paré, je peux appeler maman. Je pousse un long soupir et colle le téléphone à mon oreille.
Elle me demande comment je vais puis sans attendre la réponse, commence sa litanie de récriminations à l'encontre de Louis.
- Ton père a encore oublié ses lunettes à la bibliothèque et quand on y est retourné, elle était déjà fermée, pourtant il était 6 heures moins dix et c'est sensé fermer à 6 heures ! Je me demande ce qu'il ferait sans moi, il est de plus en plus distrait ; il prend trop de médicaments, mais bon avec son hypertension... Déjà son père avait le même problème...

Je me mets en mode écoute automatique et laisse échapper un « hum » de temps à autre pour lui montrer que je suis toujours là. Je mastique et déglutis sans bruit.
 Et puis elle passe au chapitre suivant.
- Et toi, tu es toujours seul. (C'est une affirmation, pas une question). C'est peut-être mieux ainsi. Tu es un faible, comme ton pauvre père, et tu retomberas bien sur une harpie ! (Je ris tout bas et manque m'étrangler, car elle se décrit cette chère maman !) Ta Myriam, je m'en suis toujours méfiée. Remarque, au début, on lui aurait donné le bon dieu sans confession. Mais bon, c'est quand même mieux d'être avec quelqu'un. C'est plus normal. (Oui maman, c'est plus normal d'être casé, en couple. Avec des mômes c'est encore mieux, au moins on est un peu tenu, on risque moins de faire n'importe quoi, des

choses pas prévues par le code, la loi, le grand gestionnaire. Oui maman, l'électron libre est dangereux !
- Et toi maman, comment vas-tu ? (Je lui ai coupé l'herbe sous le pied.)
On la dirait déstabilisée par ma question, en tout cas un ange passe (Si si, je le vois planer, rieur, puis il passe la porte de la cuisine et disparaît...)
Maman ne sait pas comment elle va, elle ne s'intéresse qu'aux autres, aux problèmes et aux failles des autres de préférence. Ça lui évite de paniquer face à l'ampleur des siens.
- Moi ça va, il faut bien qu'il y en ait un qui aille ! Pourquoi ris-tu ?
- C'est rien maman, c'est l'ange qui me fait rire...
- Mais qu'est-ce que tu racontes ? Est-ce que tu te fais des repas au moins ? Je sais bien que pour un homme c'est difficile mais de toutes façons, ta Myriam était anorexique, elle ne risquait pas de te faire de bons petits plats.

Détrompe-toi maman ! Myriam souffrait certes d'une forme d'anorexie, elle avait en tout cas un problème avec la nourriture. Souvent, je la voyais commencer à écarter les aliments dans son assiette, à les disperser avec sa fourchette comme pour qu'ils disparaissent par enchantement et qu'elle n'ait pas à les ingurgiter.
Je sentais monter son angoisse et en absorbais allègrement ma part.
Nous n'avions plus faim ni elle ni moi, trop tendus l'une et l'autre pour des raisons différentes.

Et puis son obsession des dates de péremption, de la couleur et surtout de l'odeur du mets...Si elle n'était pas conforme à son attente, je voyais ses ravissantes narines frémir et l'ordre sans appel, venu d'on ne sait où, lui interdisait d'y toucher.Je n'ai jamais vu quelqu'un jeter autant de nourriture !

Mais bizarrement, comme beaucoup d'anorexiques, je crois, Myriam adorait cuisiner. Elle achetait sans arrêt des livres de cuisine, me lisait les recettes comme s'il s'agissait de poésie et je me régalais souvent à sa table... mais seul !

Peu à peu j'ai d'ailleurs perdu moi aussi le plaisir de manger, comme influencé par elle, contaminé par le même virus. Mais « ma » Myriam cuisinait maman, mieux que toi peut-être, aussi bien en tout cas !

Tout cela, je ne l'ai pas exprimé à voix haute, évidemment, et ma mère, alertée par mon silence sans ponctuation et un peu vexée, me souhaite une bonne nuit parce que j'ai « l'air fatigué » et qu'elle ne voudrait pas m'empêcher d'aller me reposer.

- Je t'embrasse maman, et j'embrasse papa aussi.

Fatigué, je le suis certes, mais je vérifie malgré tout ce que je pressentais: pas de nouvelles de Martha.

Eux

Germaine Filot remonte ses lunettes qui ont glissé sur son nez parce qu'elle a dû s'endormir un instant et que sa tête a basculé vers l'avant. Elle a un geste machinal pour arranger ses cheveux. Son visage est dirigé vers la fenêtre mais elle a le regard absent, tourné vers l'intérieur. Elle pense à sa vie passée.

A vingt ans, elle était coquette, elle aimait les jolis vêtements et elle avait une passion pour les chaussures. Elle en possédait une dizaine de paires (c'était beaucoup à l'époque), à talons : bottiers, bobine ou aiguilles. Des noires, des blanches, des rouges et des dorées, de princesse ! Une bonne partie de son maigre salaire de secrétaire de mairie y passait.

Et puis ses parents, chez qui elle vivait, l'ont poussée à se marier. Avec le propriétaire d'une petite scierie. Il avait autant d'argent qu'eux, c'est tout ce qu'ils voyaient. Il s'appelait Alfred. Il était grand et fort, on le disait bel homme mais il ne lui plaisait pas. Il manquait de sensibilité, de finesse.

Une centaine d'invités assistaient au mariage. On leur servit huit plats différents et des vins, de qualité. Son père veillait à ce que les verres des hommes soient toujours pleins. Les femmes buvaient de l'eau et tremperaient éventuellement leurs lèvres dans la mousse du champagne accompagnant la pièce-montée.

Les mâles avinés commençaient à plaisanter crûment en la regardant et Germaine engoncée dans sa robe de dentelle, était toute rouge, non du fait de l'alcool, ni même de la gêne, mais plutôt de colère contenue.
Il fallut ensuite ouvrir le bal, se faire écraser les pieds et subir l'haleine aigre et l'odeur de sueur d'Alfred qui avait quitté sa veste et retroussé ses bras de chemise.

Puis ce fut la nuit de noces.
Celui qui était son mari désormais, avait douze ans de plus qu'elle et la réputation de courir le jupon. Aussitôt dans la chambre, il s'est déshabillé devant elle, laissant tomber ses vêtements au sol et exhibant sa nudité dont il semblait fier.
Il n'y avait pas de quoi, a-telle pensé bien qu'elle n'ait aucune expérience en la matière.
Elle a baissé les yeux, éteint la lumière et retiré sa robe blanche, ses sous-vêtements. Elle portait une gaine qui lui faisait la taille encore plus fine mais lui avait laissé des marques rouges sur la peau. Elle a mis la jolie chemise de nuit brodée qu'elle avait achetée spécialement et préparée sur la chaise à côté du lit.
Il est monté sur elle, a retroussé la nuisette, elle s'est laissé faire, n'a pas eu mal et n'a même pas saigné.
Il a roulé lourdement sur le côté et deux minutes après il dormait.
Elle est restée les yeux grands ouverts une bonne partie de la nuit. Il prenait beaucoup de place et elle s'était mise tout au bord du lit pour ne pas le toucher.

Cette première nuit augurait de ce que serait leur vie commune : il en occuperait tout l'espace, lui laissant la marge.

Elle a envie de sortir ses albums de photos. Elle passe rapidement les pages concernant son mariage. Elle s'arrête sur un cliché représentant Micheline, sa fille aînée, toute petite dans ses bras.

Quand elle l'a découverte, après un accouchement long et difficile, elle a eu envie de pleurer.

Pas de joie. Elle ne ressentait rien pour ce petit être chétif qu'elle n'avait pas souhaité mettre au monde. Elle ne savait pas comment la tenir et l'a vite redonnée à la sage-femme. Elle n'a pas réussi à l'allaiter. Elle se sentait toute dévastée à l'intérieur, terrifiée, asséchée. Rien ne coulait d'elle, ni amour, ni tendresse, ni lait... Et même ses larmes étaient taries. Elle a fait ce qu'elle savait devoir faire, rien de moins, rien de plus.

Micheline a reçu tous les soins nécessaires à la survie d'un nouveau-né mais les gestes étaient mécaniques et froids. Le bébé pleurait souvent et avait, lui semblait-il, une tristesse accusatrice dans ses grands yeux noirs.

Elle plaignait cette petite fille qui n'avait pas de mère. Mais elle ne pouvait se contraindre à l'aimer.

Et puis, vint Adèle, aussi blonde que Micheline était brune, des yeux bleus rieurs et des joues rondes qui appelaient les baisers. Le petit corps potelé, les fossettes et le grand sourire de la cadette facilitaient la montée de la tendresse. Et Germaine s'en voulait encore davantage de cette différence de ressenti.

La sonnerie du téléphone la fait sursauter.
- Bonjour, c'est Micheline.
- Ah bonjour, comment vas-tu ? Je pensais à toi justement.
- Tu pensais à moi, toi ?
- On ne va pas recommencer Micheline. Comment s'est passée la rentrée à l'école pour Anaïs ?
- La rentrée, c'était il y a presque 2 mois... Ça va, elle est contente, elle a un maître très gentil.

Elles parlent de choses et d'autres, pas d'elles. Ça ne dure pas très longtemps. Quand elle repose le téléphone, Germaine est soulagée. Elles ont presque réussi à avoir une conversation normale

Elle

Il allait repartir.
Il avait changé le seau, apporté un nouveau panier. Il a ensuite déposé sur la table un grand cahier et un porte-mines à corps souple en la regardant. Elle a dit merci tout bas, et elle a pris conscience à ce moment là qu'elle ne réussirait probablement pas à tenir le crayon...
Elle a vu qu'il regardait ses pieds.
- Mes ongles, ils sont trop longs.
Sa voix est rauque, rêche, ça fait si longtemps qu'elle ne parle plus.
Il revient vers le lit, s'assied à côté d'elle. Prend son pied et le pose sur son genou. Enlève ses gants.
Ses doigts sont plutôt fins et soignés mais ses mains sont bien celles d'un homme. Il prend dans la sacoche qu'il porte en bandoulière, une pince à ongles métallique. On dirait qu'il avait pensé qu'il en aurait besoin.
Ses paumes sont chaudes. Il est habile, même s'il tremble un peu. Des fragments giclent dans tous les sens. (« La lune, rognure d'ongle de quelque dieu manucuré...». Cette petite partie d'un texte qu'elle a écrit il y a quelques années, lui revient à cet instant.)
Il s'applique. Il sent bon, un mélange d'homme, d'herbe et de bois...
Entre ces doigts dotés d'une certaine bienveillance, son pied devient comme un objet sacré. Elle voudrait que ça ne s'arrête pas.

Il repose doucement son pied gauche. Elle se tourne un peu et pose le droit sur sa cuisse.
- Mes mains, dit-elle ensuite.

Il la regarde encore. Ses yeux, elle les voit parce qu'il est tout près, sont brun foncé. Il semble réfléchir, hésiter. Pose la pince sur sa gauche, sort une boîte carrée comme celles dans lesquelles on met les cigarettes, l'ouvre et y prend une petite clé.
Elle tend sa main gauche, il détache le bracelet et enlève l'enveloppe de cette main puis de l'autre.. Sa peau est toute flétrie et ses ongles plus longs qu'elle ne les a jamais portés. Il les lui coupe avec la même minutie.
Il tient un peu plus longtemps que nécessaire sa main droite entre les siennes. Puis il range soigneusement les maniques dans sa sacoche, avec la pince. Le masque a un peu glissé sur son visage et elle aperçoit le haut de son front. Pas de cheveux.
 Il se lève. Il s'éloigne.
Elle s'élance comme propulsée par un ressort. Et s'accroche à lui, bras autour de son cou, jambes autour de sa taille. Elle ne sait pas pourquoi elle a fait ça, elle n'a rien prémédité mais elle ne le lâche pas, elle n'a aucune intention de le faire, elle se sent comme une tique qui a trouvé un épiderme.
Lui a d'abord chancelé. Il reprend son équilibre, se campe sur ses deux jambes légèrement écartées, ne bouge plus comme s'il rassemblait ses forces ou ses idées. Et elle sent une sorte de frémissement contre son ventre. Elle comprend qu'il rit. Puis le voilà parti à galoper. Elle a failli être désarçonnée. Elle se cramponne

aux épaules de sa monture. Elle s'attend presque à l'entendre hennir ! Elle a fermé les yeux, elle croit sentir le vent sur son visage...
Il s'est arrêté brusquement. Elle le lâche et se retrouve sur ses pieds, bras ballants. Elle se sent vivante et une grande joie pulse en elle. Il s'éloigne sans se retourner mais elle devine une émotion semblable en lui.

 Elle s'allonge sur le lit. Sa main libérée vient se nicher entre ses cuisses. Elle se caresse tout doucement et le plaisir la surprend qui monte et déferle et lui met un gémissement aux lèvres.

L'autre

Toujours cette peur qu'elle me reconnaisse.

Mais non, elle est bien trop persuadée que je suis un faible, voire un impuissant, en tout cas totalement inoffensif, pour seulement imaginer que je puisse être celui qui la séquestre.
Et elle me croit aussi beaucoup trop bête pour penser à moi comme étant l'organisateur talentueux, il faut bien le reconnaître, de son rapt !
C'est pourquoi j'ai pris ce risque de lui montrer mes mains.
Comme un défi.
Si elle les avait identifiées, ça aurait été signe qu'elle m'avait, malgré tout, un peu regardé.
Ça n'est pas le cas : mauvais point pour elle !

De plus, je me demande si aujourd'hui elle n'a pas fait une tentative pour reprendre les rênes, le pouvoir.
Elle doit se mettre bien en tête que c'est moi qui décide et pose les limites. Dans tous les cas !

Je suis le maître et il faut que je veille à le rester. Qu'elle ne puisse avoir aucun doute à ce sujet.

Eux

Julie attend toujours la visite d'Angèle. Elle ne comprend pas cette absence subite et inexpliquée de sa nièce. Depuis qu'elle a été placée par Paul, son fils, dans cet EHPAD (à son époque on disait hospice et c'était réservé aux pauvres gens sans famille), elle attend la mort... et Angèle.

Comment rester en vie parmi les morts-vivants et quand vous n'êtes plus considérée que comme une condamnée en sursis ?

Comment avoir envie quand on ne vous laisse d'autre choix que celui du lit ou du fauteuil, de la télévision ou du même rectangle de paysage derrière la même fenêtre ?

Comment être sûr qu'on existe encore alors qu'on n'a aucun miroir pour vérifier. (Sans doute, ont-ils été retirés, de peur que les vieux y découvrent leur laideur effrayante...Julie qui ne manque pas d'auto-dérision, sourit à cette idée).

Très vite on abandonne, on se laisse aller, glisser sur la pente savonneuse préparée pour vous diriger en douceur mais le plus vite possible tout de même vers le trou ultime .

Angèle qu'elle aime tant, passait la voir deux à trois fois par semaine et à chacune de ses visites, lui apportait, en plus de sa présence adorée, quelque chose de beau ou de bon, une toute petite bricole, mais qui la tirait du côté de la vie.

La dernière fois qu'elle est venue, Julie l'a trouvée très gaie. Elle avait les pommettes rouges et les yeux brillants. Ses joues étaient toutes fraîches.

Elles sont allées faire une petite promenade dans le parc. Angèle l'avait bien couverte , un soleil pâle brillait et ce fut un moment heureux.

Elles étaient restées silencieuses comme à leur habitude. Julie avait perdu la parole depuis des mois et elle appréciait aussi chez sa nièce, cette absence du besoin, si propre à l'humain, de remplir le silence à tout prix.

En rentrant, Angèle l'avait aidée à regagner son lit et elle s'était sentie contre elle comme un petit oiseau frêle. La tête sur l'oreiller, elle l'avait regardée en souriant. Sa petite main ridée reposait en sécurité dans la main douce et forte à la fois.

Et puis Angèle s'était mise à parler à voix basse, à lui raconter des choses agréables et légères qui les berçaient toutes les deux comme une litanie.

- Tu sais tante Julie, hier, je suis allée à la piscine. J'ai nagé jusqu'à l'épuisement qui arrive vite, je ne suis guère résistante. (Elle a rit.)

Et puis je suis allée dans le jacuzzi. Les jets massant font du bien et j'ai pensé à toi ma petite tata chérie. J'ai apporté mon huile et je te masserai les mains et les pieds, je sais que tu aimes ça. Après je suis allée dans le sauna. J'adore ce trop de chaleur.qui engourdit. Quand je suis rentrée, j'ai croisé Odile, ma voisine qui m'a dit qu'elle avait fait de la pâte à gaufres et qui m'a invitée. On a mangé des gaufres croustillantes, bu du cidre et écouté de la musique, lovées dans son canapé.

Julie avait fermé les yeux et elle laissait le bonheur de sa nièce couler en elle. Angèle a dû penser qu'elle s'était endormie. Elle a déposé un baiser sur son front et s'est éloignée sans bruit après avoir murmuré à son oreille :
- Je rapporte l'huile de massage la prochaine fois.

Elle ne l'a pas vue depuis. Pourvu qu'il ne lui soit rien arrivé de grave !
Elle ne voudrait pas mourir sans la revoir.

Lui

Il est 22h. Martha ne viendra plus ce soir. J'ai éteint l'ordinateur. Je n'ai pas sommeil, pas envie de regarder la télé.

Je me dirige vers la bibliothèque sans conviction. Aucun des bouquins ne me donne envie de l'ouvrir.

Mon regard tombe sur les trois album-photo, un de petite taille venant de ma mère, deux plus grands et en meilleur état, laissés par Myriam. Je les ai rangés tout en bas et j'ai pensé les jeter à maintes reprises sans le faire. Je m'accroupis et j'en ouvre un au hasard.

J'ai une dizaine d'années, je grimace à cause du soleil, mon pied gauche est tourné vers l'intérieur et je tiens maladroitement des skis contre moi. Neige et morceau de ciel bleu vif. J'ai vécu de trois à dix ans dans un petit village du Haut-Doubs et de cette période me vient mon aversion pour la neige : matière à évacuer si l'on voulait sortir...

On devait, en hiver, ouvrir un chemin de la maison à la route en contrebas. J'aidais mon père, quand on arrivait en bas, il fallait, la neige continuant à tomber inexorablement, recommencer en haut. J'avais mal au dos, les doigts gelés dans les mitaines de laine mouillées. Des murs se formaient de chaque côté. Je me sentais emprisonné. Les sapins alentour paraissaient plus noirs, une angoisse diffuse sourdait de ce paysage que d'aucuns auraient pu admirer.

Quand j'ai eu 8 ans, ma mère s'est mise en tête de me faire faire du ski . D'où cette photo... Un cousin de mon père m'en avait fabriqué, ils s'attachaient avec des lanières en cuir, une autre époque !

Maman m'envoyait rejoindre les enfants qui dévalaient une petite pente à côté de notre maison. La plupart glissaient sur des luges et j'aurais de loin préféré faire de la luge moi aussi. J'étais plutôt peureux et maladroit, je tombais sans arrêt mais je faisais de mon mieux, sachant ma mère postée à la fenêtre de la cuisine pour m'observer.

Je rentrais les pieds gelés et elle me les faisait mettre dans une bassine d'eau chaude. Pour relancer la circulation, disait-elle.

Dans le 2e album, la photo sur laquelle je tombe est beaucoup plus grande et plus « esthétique » ! Je pense en être l'auteur. Myriam, de profil, regarde un lac. Son visage est pâle, elle est belle.

Le lac est magnifique lui aussi. Mais de cette beauté là, elle n'est pas consciente, je le sais. Elle n'avait aucune admiration pour la nature et ce manque de sensibilité m'agaçait, je m'en souviens. Je ne comprenais pas qu'elle reste hermétique à la poésie sauvage d'un ciel d'orage, à la douce tranquillité d'une étendue d'eau ou au charme des fleurs des champs.

Elle appréciait nos escapades de fin de semaine surtout pour le fait de rouler pendant des heures. Pour moi, au contraire, la voiture était un lieu d'enfermement dont j'aspirais à extraire mon corps plié, contraint , nauséeux.

Mais à peine étions nous arrivés au but qu'elle désirait repartir.

Ce dimanche d'août, par exemple, nous avions parcouru plus de cent kilomètres pour arriver au lac et c'est à peine si elle l'avait regardé, le temps de se faire prendre en photo.

Elle

Elle se réveille en sursaut. Elle rêvait qu'elle tombait, une longue chute angoissante.
Elle ne parvient pas à se rendormir se tourne et se retourne dans le lit et se met à «ruminer», comme aurait dit son père qui aimait beaucoup les vaches ! Des souvenirs surgissent, bien malgré elle, des images forcent le passage pour remonter à sa conscience.

Celui qui fut son mari pendant 20 ans et qu'elle a rayé de sa vie, à qui elle ne pense plus jamais, il se présente, tel qu'elle l'a vu la première fois. Avec ses cheveux longs emmêlés, ses yeux tristes et un peu fous. Il grattait sa guitare assis à la terrasse du café où elle aimait s'asseoir. Elle l'a regardé et a rougi quand son regard s'est posé sur elle un peu longuement.
Le lendemain , il était encore là, il l'a laissée prendre place ct s'est approché, a dit « Je peux ? » et s'est assis sans attendre la réponse. Deux jours plus tard, elle le suivait dans le grenier où il vivait. Il s'était laissé tomber sur le lit, un matelas à même le sol, s'était mis à chanter plutôt bien en s'accompagnant plutôt mal à la guitare. Un peu plus tard, il avait posé l'instrument et l'avait attirée contre lui. Ils avaient fait l'amour, elle avait bien dormi, elle avait aimé son bras lourd sur elle. Au matin, il lui avait fait des crêpes. Elles étaient bonnes.

Trois mois plus tard, il lui demandait sa main, l'air ému. Emue, elle l'avait été aussi et elle avait dit oui sans trop réfléchir.

Ils s'étaient mariés à la mairie, avec juste quelques amis à lui et la pluie. Elle portait la petite robe rouge à pois qu'il aimait mais qui n'était pas de saison, elle avait froid. Il avait mis une chemise blanche et un nœud papillon, une veste qui semblait trop étroite, elle l'avait trouvé démodé, presque ridicule, s'en était voulu de cette pensée. Il avait trop bu pendant le repas médiocre dans un petit restaurant qu'il avait choisi.

Ils s'étaient disputés pour la première fois le soir même, il lui reprochait d'avoir été distante avec ses potes. Il s'était endormi aussitôt et elle n'avait pas fermé l'œil se demandant si elle avait pris la bonne décision en se mariant. Elle avait eu tout le temps de regretter son oui !

Il n'était pas méchant avec elle, pas particulièrement gentil non plus. Elle avait souvent l'impression qu'elle aurait pu disparaître sans qu'il s'en aperçoive.

Il vivait avec elle comme il avait vécu seul, refusant de changer ses habitudes, si bien qu'après quelques tentatives de discussion, elle avait dû s'adapter et supporter que l'appartement qu'ils louaient, ressemble de plus en plus à un capharnaüm malgré ses efforts.

Jeff gagnait peu d'argent, ça ne la gênait pas de régler la plupart des dépenses. Elle trouvait ça normal, puisqu'ils étaient ensemble.

Mais elle aurait voulu qu'au moins ils fassent de temps en temps des choses en commun, (c'était son idée du

couple à l'époque), aller voir un film, manger un couscous (ils appréciaient tous deux la cuisine maghrébine), ou s'asseoir à une terrasse et regarder les gens passer.
Être simplement bien à deux.
Au début, elle avait insisté.
Puis après trois ou quatre soirées qui s'étaient avérées des fiasco parce qu'il parlait à voix haute pendant le film ou insultait le serveur au restaurant, elle avait laissé tomber.
Il avait tellement «asticoté» son amie Sylvie quand elle était venue leur rendre visite, qu'elle s'était mise à pleurer et n'était bien sûr jamais revenue. Peu à peu, sans qu'elle en prenne conscience, il faisait le vide autour d'elle.
Quand elle essayait de suggérer qu'ils se séparent, il se mettait à bouder, lui disait qu'il l'aimait et qu'il ne voyait pas de problème entre eux. Il faisait des efforts un jour ou deux. Il se montrait tendre sur l'oreiller, elle s'endormait dans ses bras et se persuadait que les choses n'allaient peut-être pas si mal, qu'elle en demandait peut-être trop...

Et puis, elle avait gagné au loto.
Quand elle avait découvert les numéros sortis qui étaient tous les siens, son cœur s'était mis à battre plus rapidement.
Parce que, tout de suite, elle avait su qu'elle tenait la clé de sa libération. C'était une évidence, elle allait partir.

Comme elle l'avait pressenti, son mari a semblé accepter la séparation, compensée par des avantages financiers non négligeables.

Elle avait envisagé qu'ils continuent à se voir de temps en temps, en amis puisqu'ils n'étaient pas ennemis...
Jeff lui a fait entendre que continuer à la côtoyer après ce qu'il vivait comme une trahison lui était impossible et il a complètement coupé les ponts, du jour au lendemain.
D'anciens copains à eux, restés en contact avec lui, rapportèrent à Angèle qu'il s'était senti bafoué, humilié, méprisé.
Il leur aurait dit « Elle m'a utilisé et quand elle n'a plus eu besoin de moi, elle m'a jeté comme un slip sale. Elle m'a fait beaucoup de mal. Angèle, on la croirait douce, même son prénom est trompeur. Elle est dure et impitoyable. L'argent ne répare pas ce qu'elle a cassé en moi ».

Elle croit savoir qu'il a acheté, avec des collègues musiciens, une maison à retaper en Ardèche.

Se pourrait-il qu'il lui en veuille toujours ? Elle n'y croit guère...
Qu'il ait à nouveau besoin d'argent ?
Il n'est pas son ravisseur, elle l'aurait reconnu. Mais à l'époque où ils vivaient ensemble, toute une cohorte de pseudo artistes et de petits voyous gravitait autour de lui et son charisme indéniable en faisait une sorte de maître, sans qu'il cherche à en profiter d'ailleurs.
Aurait-il trouvé un homme de main parmi eux?

Elle se dit qu'elle devient folle. Elle prend le cahier, sa main court, les mots la calment, la libèrent.

Eux

Odile prépare un poulet basquaise. Elle a invité Gérald. Ils se sont rencontrés le dimanche précédent à l'entrée du cinéma, ils ont parlé quelques minutes, d'Angèle qui a disparu, évidemment...
Ils allaient voir deux films différents et avant qu'ils se séparent elle lui a proposé de venir dîner avec elle un soir dans la semaine.
Et il vient ce mercredi.
Elle épépine les poivrons et pense que si Angèle était de la partie, elle aurait dû trouver une recette végétarienne.
 Elle aime beaucoup son amie, c'est indéniable, mais elle la trouve parfois difficile à comprendre, trop compliquée, toujours à adopter de nouvelles idées et à les exposer, les justifier. Comme si sa vie dépendait de sa capacité à convaincre et à convertir autrui à ses croyances !
 Elle coupe les oignons en lamelles.
Angèle est une chanceuse mais elle ne s'en rend pas compte. La vie lui a beaucoup souri, elle a eu des hommes quand elle en voulait, de l'argent, elle est restée plutôt belle, elle est brillante intellectuellement. Mais tout cela la rend agaçante et Odile a parfois l'impression qu'elle n'est pas vraiment respectée par son amie, trop sûre d'avoir toujours raison et parvenant le plus souvent à avoir le dernier mot.

Zut, elle s'est entaillé le bout du doigt . Le sang tache la lame blanche du couteau en céramique. Elle lèche la coupure, la protège d'un pansement et continue sa tâche.

Elle vient juste de sortir de la salle de bain, maquillée et parfumée lorsqu'on sonne à la porte.
Gérald lui offre un bouquet de roses oranges, encore en boutons et qui sentent déjà divinement bon.
- Merci, elles sont magnifiques !
- Elles viennent du jardin de ma mère, le nom du rosier est Rêverie...
Gérald lui donne son manteau et s'assied dans le fauteuil. Ils boivent de la bière avec du Picon.
Elle a posé sur la table un joli bol marocain rempli d'houmous, deux coupelles pleines d'huile d'olive dans laquelle ils trempent des morceaux de pain grillé qu'ils tartinent ensuite avec la préparation libanaise.
- C'est vraiment délicieux, comment tu fais ça ?
Odile est aux anges ! Un mec qui fait des compliments sur ce qu'il mange, c'est rare, qui demande la recette, rarissime !
Elle lui explique comment mixer les pois chiches, la crème de sésame, l'ail et le jus de citron et il l'écoute avec intérêt.
Elle se sent bien. Gérald est assez bel homme, un peu plus jeune qu'elle, gentil, discret, attentionné, plein d'humour, amateur de vieilles voitures et cinéphile. Elle passe une délicieuse soirée.
C'est Angèle qui les a fait se rencontrer et c'est la première fois qu'ils sont réunis sans elle.

Odile ne peut s'empêcher de penser que Gérald paraît plus détendu, plus gai qu'habituellement. Et elle se dit qu'en fait, elle ne sait rien de lui mais qu'il gagne probablement à être connu.
Certes, il a menti sur la provenance des roses, elle a beau n'y rien connaître en botanique, des roses dans un jardin fin Novembre...
Mais bon, au fond, elle trouve cette petite « inexactitude » plutôt touchante, parce qu'elle trahit son besoin de se sentir intéressant.

100

Lui

 Soirée cinéma en solo. Beaucoup de monde pour ce film en avant-première. J'ai de chaque côté de moi, une femme plutôt jolie, la trentaine pour celle de gauche, la cinquantaine pour celle de droite.
 Dès le début du film, je les oublie.
 Sorti de moi. C'est ça qui se passe. Le grand écran, la salle obscure, quand le film nous happe, on ne sait plus qui on est. On n'est plus aux commandes (si on l'a jamais été...)
 Qui l'est ? Qui regarde, rit, pleure, a mal ? Mes yeux gobent l'image et l'on dirait que mon cerveau ne fait pas la différence avec la réalité. Le temps d'une ou deux heures, si on le veut bien, on est embarqué pieds et poings liés, à la merci du réalisateur. Et quand il a réussi à nous agripper, il fait de nous des captifs consentants et nous mène hors de soi, en terre inconnue.
 Pas besoin de train, d'avion, on n'attache même pas sa ceinture, il suffit de rester gentiment assis dans le siège.

 Si l'on regardait les gens de notre entourage réel comme on regarde les personnages du film, que verrait-on ?
 Si l'on se concentrait sur les personnes qui partagent notre quotidien comme sur les héros au cinéma, pourrait-on les comprendre mieux ?
 Dans la vraie vie, tout encombré de soi, du physique, (même si l'on est généralement peu conscient de son

corps), on sait que l'autre est autre, on le croit en tout cas... peut-être parce qu'il y a interaction.
Au cinéma, je ne peux pas agir. Mais si je me laisse emmener, si je coopère en ne résistant pas, alors je deviens l'autre.

La froidure me saisit au sortir de la salle. Je réintègre mon corps... Je marche rapidement vers ma voiture.

Falco a posé sa belle tête sur mon genou et me regarde manger, espérant obtenir quelques miettes de ce repas qui, quel qu'il soit, parce qu'il est celui du maître, ne peut qu'être délicieux. Je lui donne un morceau de carotte qu'il happe goulûment. La convoitise le fait un peu baver, ça ne me dégoûte pas, plus, je l'aime trop pour ça...
Je lave mon assiette et mon verre, essuie la table.

Je décide de ne pas allumer le PC, pas envie d'être déçu ce soir.
Je m'assieds dans mon fauteuil de cuir fauve. J'ai pris un petit cigare. Tabac cubain. Je savoure son arôme de poivre. Et je passe la fin de la soirée avec moi-même et avec les personnages du film.

Elle

Les journées, curieusement, s'écoulent plutôt vite. Privée de tout ce qui remplissait son quotidien de femme libre, elle ne trouve pas le temps long. D'ailleurs elle a perdu la notion du temps...
Au début, les livres et la musique lui manquaient, parfois cruellement. Son téléphone et son ordinateur aussi, et cette ouverture sur le monde qu'ils lui procuraient.
Elle y pense de moins en moins.

Son univers s'est rétréci au niveau de l'espace matériel mais peu à peu, elle s'est mise à arpenter d'autres univers qu'elle ne saurait nommer. Voyageuse immobile.

Quant au temps, elle ne court plus après. Passé, présent, futur se sont rejoints et ne font qu'un.
Son passé lui réapparaît par larges pans, comme si elle visitait un musée. Elle est spectatrice de sa vie dont le film se déroule en boucle infinie, sans provoquer l'ennui pourtant. Car le même est bizarrement toujours différent, c'est difficile à expliquer.
Elle n'était pourtant pas de ceux qui peuvent revoir trois, quatre fois le même film, relire le même livre. Elle était curieuse et avide de nouveauté, ça la faisait probablement se sentir jeune.
Peut-être est-elle en train de vieillir, contrainte et forcée.

Chaque jour qui passe la laisse en tout cas plus sereine. C'est comme si elle avait atteint l'œil du cyclone. Elle y est à l'abri.
Ce qui faisait sa vie, qui lui semblait important et même vital, tout cela n'est plus qu'une image sur papier glacé sans impact réel sur elle.

Elle se sent libre dans sa tête, comme elle ne l'a jamais été.

Elle ne sait pas si elle a envie de retrouver le monde.

L'autre

Elle n'a plus peur, on dirait presque qu'elle est heureuse.

Je l'ai épiée maintes fois.
Elle s'est organisé une vie à sa manière, à son goût.

Ce n'est pas ce que je voulais. Je rêvais de jouer au chat et à la souris avec elle. C'est moi qui devais mener la danse.

Rien ne se passe comme je l'envisageais. Elle s'est encore montrée la plus forte, elle ne s'est pas soumise.
Je voudrais qu'elle me supplie de la laisser partir, de la laisser vivre...

Il va falloir que je passe à la vitesse supérieure.
Je veux qu'elle me mange dans la main !

Eux

Germaine s'assied ou plutôt se laisse tomber sur une des chaises en formica gris de sa cuisine. Il est à peine 7 heures et elle vient de passer un long moment à briquer son appartement pourtant déjà impeccable. Elle pose ses coudes sur la table et prend sa tête entre ses mains après avoir enlevé ses lunettes.
Elle reste ainsi, longtemps. Pour qui regarderait de l'extérieur cette petite silhouette menue, courbée, cette tête d'oiseau couverte d'un duvet gris tenue par des mains à la peau si fine que les veines gonflées transparaissent, il serait impossible de dire si la femme réfléchit, dort ou pleure silencieusement.

Elle se redresse enfin, s'essuie les yeux et remet ses lunettes. Elle reste encore assise un instant, mains sur les genoux, le regard dans le vide.
   Hier soir Micheline l'a appelée, il était 21h15 et elle dormait déjà. Le téléphone l'a donc réveillée en sursaut, elle a cherché ses lunettes, ses pantoufles en tâtonnant de son pied nu. Elle s'est précipitée dans le salon.
- C'est moi, j'allais raccrocher, tu en as mis du temps, je te réveille pas quand même ?
- Non, bien sûr que non.
- Ça me gêne de te demander un service mais je suis vraiment coincée, j'ai contacté toutes mes connaissances, personne n'est disponible.

- Moi je le suis Micheline...
- J'en ai vraiment marre de ces enseignants qui sont absents à tout bout de champ. Entre les grèves, les ponts, les soi-disant réunions et les soi-disant maladies, nous les parents, on trinque. Parce que nous on peut pas se le permettre, de prendre un congé quand on a un pet de travers, ni pour garder nos enfants. Et nous, même quand on est vraiment malade, on n'est pas payé, tandis qu'eux ils peuvent prendre des jours, ils ont le même salaire à la fin du mois, alors ils se gênent pas. Et leur salaire, je voudrais bien l'avoir moi, avec les vacances en plus...
- Oui Micheline, je sais que ta vie est difficile, que tu gères tout seule mais...
- Oh, ne me dis pas que ma vie est difficile, tu n'arrêtes pas de répéter que j'ai tout pour être heureuse et tu t'en fous de ma vie, tu t'en es toujours foutu de ma vie, de moi...
- Micheline, arrête...
- Faut que je me taise c'est ça, que je la ferme et que je fasse comme si tout allait pour le mieux dans le meilleur des mondes ? C'est ça que tu veux ?

Et elle avait raccroché.

Comme Germaine se redirigeait vers sa chambre, le téléphone avait rugit à nouveau.
- Alors, tu me la gardes ou pas ?
- Bien sûr, avec plaisir, tu sais bien que j'aimerais voir Anaïs plus souvent...
- Oh ne recommence pas tes jérémiades ! Je te l'amène demain à 8 heures.

Concernant la propreté, Micheline est une vraie maniaque.
C'est presque maladif.
Elle est de ceux qui lavent le savon avant de l'utiliser, qui tentent d'aseptiser tout ce qu'ils portent à la bouche, qui ont toujours une lingette désinfectante à portée de main...
Quand elle vient (si rarement) partager un repas avec sa mère, elle inspecte les couverts et l'assiette, lève le verre vers la lumière pour vérifier sa propreté parfaite.
Elle incite Anaïs à se laver les mains sans arrêt, est dégoûtée par son nez qui coule ou ses éternuements.

Voilà pourquoi Germaine s'est levée tôt et a nettoyé son appartement déjà propre. Elle se demande une fois de plus, ce qu'elle a bien pu faire de travers pour que sa fille ait cette peur panique de la vie...

Lui

Je me suis réveillé avec un regard de lapin russe, les deux yeux complètement collés au sortir d'un cauchemar digne d'un film d'horreur, au point que je me suis demandé un instant si on ne m'avait pas cousu les paupières pendant mon sommeil.
J'ai tâtonné jusqu'au lavabo, me suis longuement baigné les yeux à l'eau chaude, ai réussi à ouvrir l'œil droit qui s'est avéré rouge sang frais, le gauche faisant de la résistance.

J'ai appelé ma copine toubib, Joëlle qui est venue avec le nécessaire, antibiotiques (pour cette fois je n'y échapperai pas) et collyres, et qui m'a conseillé de m'arrêter deux jours si je ne voulais pas contaminer tous les enfants de ma classe.
Je me suis d'ailleurs fait transmettre cette belle conjonctivite par les jumeaux Basile et Paul, qui sont arrivés à l'école hier avec des yeux infectés et que j'ai dû accueillir puisque le papa les avait déposés à la garderie périscolaire avant la classe.

Joëlle m'a laissé avec plein de recommandations et un baiser maternel sur la bouche. Je me suis allongé sur le canapé du salon, une main sur le dos de Falco endormi.
Et j'ai laissé les pensées défiler.

Me voilà à plus de la moitié de ma vie. J'ai bien vécu et n'ai aucun regret. J'ai su m'amuser, travailler quand il le fallait. J'ai aimé, me suis enthousiasmé, ai ri, chanté et pleuré, bu beaucoup ou décidé de m'abstenir, passé des nuits blanches et des journées grises ou lumineuses, dansé jusqu'à l'aube et travaillé jusque tard le soir.
J'ai fait l'amour à une dizaine de femmes et me suis réveillé une fois dans le lit d'un homme sans que je me souvienne de grand chose.
J'ai toujours mes parents et pas d'enfant. Par choix.

Si on me demande pourquoi, je donne une multitude de raisons différentes en riant : je ne se sentais pas assez « bien » pour me « reproduire », je ne souhaitais pas m'engager à vie, j'étais au contact d'enfants par mon métier et ça me comblait, je ne voulais pas de cette terrible responsabilité, je ne me sentais pas capable d'apporter à un enfant ce dont j'imagine qu'il a besoin, je ne me sentais pas moi-même vraiment adulte...

Et puis merde alors, est-ce qu'on demande à tous ceux qui ont fait des gosses de se justifier ?

Je vis seul depuis que Myriam est partie, et la solitude m'est une douce partenaire.
Sans oublier Falco cet autre adorable compagnon, toujours de bonne humeur, m'accueillant à chaque retour comme si j'étais le bon dieu, ne me jugeant pas... ou alors le cachant bien !
Lors des longues balades avec lui, la joie et l'enthousiasme inépuisables qu'il manifeste, comme si

chaque sortie était la première ou la dernière, augmentent mon propre bonheur à me ressourcer dans la nature.

Je partageais cet amour des animaux avec Martha.

Je commence lentement à me déshabituer d'attendre cette femme qui me plaisait et avec laquelle j'aurais bien tenté, peut-être pour la dernière fois, une danse amoureuse...

Eux

Elles lui ont fait sa toilette avec des gestes efficaces mais sans douceur. Ce sont deux jeunes femmes vives, plutôt jolies, plutôt gentilles.

Elles lui parlent en haussant la voix puis reprennent leur babillage entre femmes vivantes.
- Voilà, mademoiselle Julie, on vous a mis des draps propres et vous êtes toute propre aussi.
- Je vais la coiffer, hein mademoiselle Julie, je vais vous faire belle.
- Et ton fils, ça va mieux ?
- Oui, il voit une psychologue, c'est ce qu'on nous a conseillé. Julien n'était pas d'accord, il dit que c'est des conneries tout ça, qu'une bonne paire de baffes aurait réglé ça en deux temps trois mouvements, tu sais comment il est.
- La psychologue ça va sûrement l'aider... Y en avait pas de votre temps des psy, mademoiselle Julie, c'était moins compliqué. Voilà, je vous ai mis un peu d'eau de Cologne. Ça va l'oreiller ?
Julie ne parle pas. Le drap la recouvre jusqu'au menton. Une des jeunes femmes prend ses mains et les pose dessus.

- Je jette les fleurs, elles sont fanées. Votre nièce vous en rapportera.
- Dis, t'a vu le nouveau kiné ?
- Non mais toutes les filles en parlent !
- Je me suis trouvée dans l'ascenseur avec lui hier, il s'est présenté, j'ai bafouillé mon nom, on a monté les quatre étages, je cherchais quelque chose d'intelligent à dire et je suis restée muette comme une carpe. Il me regardait en souriant, je me sentais comme une pucelle rougissante, je m'en voulais...
- C'est sûr que pour toi, dire quelque chose d'intelligent c'est pas facile !
- Salope ! Oh pardon mademoiselle Julie, vous n'avez rien entendu hein ?

Elles sortent en se bousculant et en riant .

Le silence retombe.
Julie serre ses paupières pour contenir les larmes .

Elle

 Peu à peu quelques objets se sont ajoutés à l'univers de ce qu'elle appelle maintenant dans sa tête, la chambre.

Il lui a apporté une pince à ongles, une éponge avec une petite boîte contenant un produit de nettoyage en pâte, une poubelle et une brosse à cheveux en plastique, un tube de crème hydratante.
Les toilettes fonctionnent désormais. Il est venu avec une caisse à outils un matin. Il a bricolé pendant environ 45 minutes.
Il s'est arrangé pour être toujours face à elle. Il se méfie... Elle était assise sur le lit, elle a attrapé le cahier et le crayon et elle s'est mise à esquisser sa silhouette, la cote dotée de quatre poches et de deux fermetures, les gants, le masque avec ses fentes, la capuche... Elle cherchait à le provoquer en le dessinant mais il a fait mine de ne rien remarquer.

Elle a aussi demandé au fil du temps, un livre, une radio, de l'aspirine, de l'huile essentielle de lavande mais à ces requêtes là, il n'a pas donné suite.

Elle supporte de plus en plus mal qu'il en décide à sa guise pour tout ce qui la concerne.

Il la nourrit, l'habille, lui apporte ce que bon lui semble, au moment où il le décide, ne lui a jamais adressé un seul mot, la regarde à peine.

En même temps, elle continue à percevoir sa présence alors qu'il est parti.

Elle a tout exploré, (elle a le temps!) et n'a rien trouvé qui puisse indiquer qu'elle est filmée. Mais elle se sent épiée et n'en peut plus de cette totale dépendance.

Elle a essayé (et réussi partiellement), à continuer à vivre en s'adaptant aux circonstances puisqu'elle ne pouvait pas les modifier mais là, on dirait qu'elle a atteint ses limites et elle ne parvient plus à accepter.

Elle rêve de sentir le vent dans ses cheveux, d'ouvrir un livre, de prendre une douche, d'écouter la voix rugueuse et chaude de Bernard Lavilliers, les mots qui roulent de la bouche de Brel...

Elle voudrait tenir la main de tante Julie, manger du chocolat aux noisettes, boire un verre de vin avec Odile, lire ses mails, chatter avec Billy...

Billy qui lui manque presque autant que Julie...

Elle rêve toutes les nuits que la porte est grande ouverte.

Lui

J'ai allumé l'ordinateur.
Il est deux heures vingt, je n'arrive pas à dormir après ces quelques jours de repos forcé pendant lesquels j'ai passé beaucoup de temps à somnoler.
Mes yeux vont beaucoup mieux mais je me demande s'ils ne me jouent pas un tour ! Mon cœur fait un bond dans ma poitrine.
Elle est connectée ! Martha semble de retour !

Je n'ai pas à attendre bien longtemps.
- Salut Billy !
- Martha, tu m'as tellement manqué...
C'est sorti tout seul. Elle met du temps à répondre. J'ai laissé parler mon cœur, peut-être trop vite, tant pis, je n'ai de toutes façons rien à perdre. Je vois qu'elle écrit...
- Tu m'as manqué aussi

Pourquoi est-ce que j'ai l'impression qu'elle s'est forcée à copier ça ?
- Qu'est-ce qui t'est arrivé ?
- Je t'expliquerai mais pas ce soir, il est tard et ça serait trop long.
- Tu vas bien ?
- Oui, pas de problème.

On dirait qu'elle veut couper court. Je ne retrouve pas cette belle confiance qui me semblait s'être installée entre nous, ce désir d'échanger, de se parler sans fin.
- Tu seras là demain ?
- Oui, on parlera demain.
- A demain alors... Dors bien Martha.
- Bonne nuit !

J'avais l'habitude d'attendre qu'elle soit déconnectée pour quitter le chat, comme on laisse passer une dame devant soi, en lui tenant la porte...(quand je vous disais que j'avais un côté désuet...)
Et avant, Martha ajoutait parfois encore quelques mots, comme si elle avait du mal à me quitter (c'était en tout cas ce que je me plaisais à imaginer).
Elle pouvait dire par exemple, alors qu'elle m'avait déjà souhaité une bonne nuit : « Fais de beaux rêves, Billy. » Je répondais : « Toi aussi Martha ! », puis elle disparaissait, comme à regrets...

Ce soir, elle n'ajoute rien et pourtant reste connectée. J'attends un peu puis j'éteins l'ordinateur.
Je reste assis un long moment devant mon bureau.
Un étrange sentiment de malaise m'envahit. J'ai tellement attendu ce moment et voilà que rien n'est comme je l'imaginais.
Elle n'a pas ajouté mon prénom à son « Bonne nuit » et ça ma chagrine.

L'autre

Je n'avais pas osé retourner chez elle au début. Et puis, j'y suis allé deux fois de suite, la nuit.

Dans son petit immeuble, les habitants sont pour la plupart âgés, donc prévisibles.
En me rendant à 2 heures du matin dans son appartement et en le quittant avant 5 heures, j'ai toutes les chances d'être tranquille.
J'ai tout, le code d'entrée, ses clefs, j'ai l'impression de rentrer à la maison !
Je prends bien sûr l'escalier, je monte dans le noir et puis je porte des gants et ma cagoule, même chez elle, je lis peut-être trop de polars mais je préfère être prudent.

J'ai regardé un peu partout, les vêtements, les livres, éclectiques, les disques, tout autant.
J'ai ouvert les tiroirs. Dans la salle de bain, elle en a un rempli d'huiles essentielles, 43 flacons, je les ai comptés, certains avec des noms connus comme la cannelle ou le citron, le lavandin, la lavande (qu'elle m'a réclamé d'ailleurs) ou l'eucalyptus et d'autres plus mystérieux : élémi, encens, famonty... Je me demande ce qu'elle pouvait bien faire avec tout ça...

Un autre tiroir est rempli de compléments alimentaires, capsules d'huiles essentielles (encore!), gélules d'algues, charbon, argile, plantes de toutes sortes. Angèle tient davantage de la sorcière que de l'ange, je le savais ! Je ris tout bas.

J'ai lu tout ce qu'elle a affiché, pas de photos personnelles juste un grand et superbe portrait en noir et blanc de Jacques Brel et des mots ! Des textes de chansons, des poèmes, des citations. Il y en a partout, ils ruissellent, parlent, murmurent, crient, chantent, sur le frigo, les portes, l'intérieur des placards, le miroir et même sur la vitre de la chambre.

Sorcière et intello, mon Angèle !!!

J'ai fait des photos, plein de photos.

Je me suis assis dans son fauteuil en osier avec le livre que j'ai trouvé ouvert sur la table du salon, qui parlait de physique quantique... et qui m'est tombé des mains.

Je me suis allongé sur son lit et j'ai fermé les yeux de contentement. Ça sentait la lavande.
Encore un peu j'aurais ronronné comme un chat satisfait. J'étais chez elle comme si j'étais chez moi !

Et puis aujourd'hui, m'est venue l'idée d'allumer l'ordinateur.
Trouver le mot de passe a été un jeu d'enfant, elle se vantait toujours d'avoir le même pour tout, le nom de sa première chienne et son chiffre fétiche trois fois.

J'ai parcouru ses favoris et suis tombé sur ce site de rencontre. Le même password, Angèle devenait Martha et avait archivé toutes ses conversations avec un certain Billy.

J'ai commencé à les lire.

J'étais furieux de découvrir quelle cachottière elle était, je me suis rendu compte que j'avais les mâchoires et les poings crispés...

Elle n'avait jamais fait la moindre allusion à ses rencontres nocturnes, même quand nous échangions d'une façon qui me semblait plus intime, comme des amis, avais-je cru...

- Quelle salope !

Je me rends compte tout à coup que son Billy est en ligne et je décide alors de m'amuser un peu.

- Salut Billy !

Eux

Son téléphone sonne quelque part dans la cuisine . Odile sort de la douche, s'enroule dans une serviette, se précipite et manque tomber sur le sol mouillé. Elle jure, cherche du regard le téléphone parmi le fouillis sur la table, le saisit au moment où il se tait.
Le journal des appels lui indique que c'est Brice qui a tenté de la joindre. Elle espérait un appel d'Angèle !
Elle a à peine reposé l'appareil que le chant d'oiseau se fait entendre à nouveau. Elle hésite une fraction de seconde puis décroche mais ne dit rien.
- Allo, c'est toi Odile ?
- Tu t'attendais à qui ?
- Je voulais qu'on parle, pourquoi tu me fuis ?
- Je n'ai pas envie de te parler.
Pourtant elle ne raccroche pas.
- Est-ce que tu peux m'expliquer ce que tu me reproches ?
- Tu oses poser la question, tu me prends pour une conne ! C'est vraiment pas de chance mon pauvre, mais je t'ai vu, le soir où tu devais, soi disant faire des heures sup. Je t'ai vu et tu m'as fait pitié avec cette gamine au bras, on aurait dit un vieux pédophile, en tout cas je t'ai trouvé ridicule et pitoyable.
- Mais de quoi tu parles ?
- Elle t'a largué, c'est ça ? T'as besoin de réconfort alors tu penses à cette bonne vieille Odile qui...

- Mais qu'est-ce que tu racontes, je n'y comprends rien.
- Écoute, je suis fatiguée, je n'ai pas envie d'entrer dans des discussions qui n'en finiraient pas. Les menteurs, j'y suis allergique ; alors je voudrais que tu me foutes la paix une bonne fois pour toutes ! FOUS MOI LA PAIX, tu entends ?
Elle hurle, elle pleure et elle raccroche.

Brice rappelle aussitôt, elle jette le téléphone sur le canapé et met un coussin dessus.
Elle retourne à pas lents vers la salle de bain et se plante devant le miroir. Ses yeux bleus sont noirs.
- Petite conne, tu lui as donné le plaisir de t'entendre chialer.
Elle se gifle violemment.
- Tiens tu sauras pourquoi tu pleures !
Elle essuie rageusement ses larmes, ravale ses derniers sanglots.
- Tu t'es trompé papa, toi aussi cher tonton, tu t'es planté Brice ! Je ne pleure pas, je ne pleure plus, ce sont juste mes yeux qui coulent ! Je ne suis plus une petite fille qu'on intimide et qu'on manipule. Je n'ai plus ni besoin, ni peur de vous mecs de tous acabits. Dehors les mâles ! Laissez-moi tranquille. Je veux la paix ! Laissez-moi vivre enfin ma vie à moi.
Elle a prononcé tous ces mots dans sa tête, les yeux dans ceux du miroir.
 Elle prend son rouge à lèvres et écrit en grosses lettres sur la glace : JE VEUX VIVRE MA VIE A MOI !!!
Le tube doré est presque vide, elle le jette dans la poubelle.

Elle

   Encore un cauchemar.
Elle était dans la maison de Julie, cette jolie maison des années 30 qu'habitait sa tante avant d'aller à l'EHPAD.
Et des rats couraient partout, grimpaient contre les murs. Il en avait des gris, des blancs et des noirs, certains minuscules (de la taille d'une souris plutôt), d'autres énormes.
Elle n'était pas terrorisée comme elle le serait probablement si cela lui arrivait réellement, plutôt embarrassée, cherchant une solution qu'elle ne trouvait pas.
Odile était là aussi et lui disait :
- Le mieux serait de tout brûler.

Elle n'était pas d'accord et se mettait tout à coup à se gratter férocement les jambes.

 C'est là qu'elle se réveille.
Elle découvre des plaques rouges et irritées non pas sur ses jambes mais sur ses bras. La démangeaison est presque insoutenable.
Elle se précipite vers le lavabo et laisse longuement couler l'eau sur les parties atteintes.
 Elle retourne vers le lit, l'ouvre complètement, secoue les draps. Elle ne voit aucune bestiole mais peut-être est-ce la poussière qui provoque ça.

Elle est confinée depuis bientôt un mois dans ce lieu jamais aéré.
Il lui semble maintenant qu'elle a du mal à respirer.
 Elle veut sortir, tout de suite ! Elle frappe contre la porte en hurlant jusqu'à en avoir la gorge en feu.
Et puis elle tombe au sol et pleure sans bruit.

Elle va crever là, dans cette geôle, détenue par ce fou.

Eux

L'infirmier entre dans la chambre, se dirige vers la fenêtre et actionne le store.
- Bonjour Mademoiselle Julie, il est 8 heures, il faut se réveiller !
- Regardez ce beau soleil, vous pourrez peut-être sortir.

Il s'approche du lit et comprend tout de suite que Julie n'est plus.
Il abaisse les paupières sur les yeux si clairs, comme délavés.
Le début d'une prière lui vient aux lèvres, il en a oublié la fin.

Il ne peut s'empêcher de penser que cette si gentille dame a mal choisi son moment : c'est dimanche, il est seul avec une petite étudiante d'une vingtaine d'années...

Il fait sa tournée habituelle puis rejoint la stagiaire. Il lui annonce le décès et lui demande si ça lui paraît possible de donner un coup de main pour la toilette de la morte. Elle accepte.
- Comment tu t'appelles ?
- Chloé.
- Merci de bien vouloir m'aider Chloé. Tu as déjà vu quelqu'un qui est mort ?
- Ma grand-mère, quand j'avais 6 ans...

- Alors, on fait pareil que si madame Julie était encore là, d'ailleurs, elle l'est encore un peu... Tu verras, c'est facile.

Ils s'affairent tous deux autour du corps, lui efficace et précis, elle faisant ce qu'elle peut pour apporter son aide maladroite. Il commente ce qu'il fait, explique, autant pour la jeune fille que pour la vieille dame semble t-il.

- Voilà, tu fais comme moi. (Il passe le gant de toilette sur le bras jusqu'à l'aisselle, le rince dans la bassine, revient à la main et à chaque doigt.)
- La mort, c'est naturel, ça fait partie de la vie, ça n'est pas un imprévu comme certains voudraient nous le faire croire. (La jeune fille s'applique à l'imiter)
- J'ai lavé des morts de tous les âges... (On voit qu'il est de tout cœur à ce qu'il fait.)
- Voilà Julie, vous êtes toute belle.

C'est vrai qu'elle est belle !

Une sorte de douceur paisible s'est installée dans la pièce.

L'autre

Je crois que je la tiens enfin !
J'ai failli rire tout haut quand je l'ai vue brisée, pitoyable, me suppliant d'aérer la pièce !
Je jouissais !

Elle n'était pas belle à voir les bras zébrés de griffures, les yeux gonflés et le visage écarlate !

Je lui ai dit que j'allais y réfléchir …
Je vais la faire attendre encore un peu, qu'elle n'ait pas l'impression que c'est elle qui prend les décisions, une fois de plus …

Ceci dit, l'idée de faire un grand ménage, je l'avais eue.
Encore faut-il que je m'organise.
Et comme il va me falloir du temps pour tout mettre en place, je n'irai pas la voir pendant deux jours.
De quoi faire monter encore un peu la pression.
De quoi me faire considérer comme son sauveur!

Lui

Vendredi, dernier jour d'une semaine qui a été difficile. Je ne suis pas au mieux de ma forme.

Je ne parviens pas à prendre une décision concernant Martha.

Je l'avais laissée occuper une place dans ma vie, y apporter de la couleur et de la gaieté.

Voici maintenant qu'elle me hante, me perturbe comme une épine dans le pied ou une douleur sourde et chronique.

Je ne peux plus accepter de me laisser envahir par ce malaise indéfinissable et sans nom. Ou plutôt qui porte son nom : Martha, Martha, Martha, Martha, M.A.R.T.H.A...

Qui es-tu, toi que je croyais commencer à connaître ?

Notre relation me semblait saine, simple et douce... Comme toi.

Je pense être honnête et direct moi aussi.

J'appréciais que tu sois dotée d'intelligence venant de l'esprit et du cœur à la fois.

Je te sentais respectueuse de qui je suis, tu acceptais mes failles, je n'avais pas besoin de tricher.

Et tu avais semblé désireuse que nous écrivions une page de vie à quatre mains, en toute complicité...

Me suis-je fais des idées ? Est-ce que j'ai tout imaginé ?

Es-tu quelqu'un qui aime jouer, brouiller les pistes, souffler le chaud puis le froid ?

J'ai déjà été victime de ma naïveté face aux femmes.
Je voulais vous/te/ME donner encore une chance...
Si la tromperie est au rendez-vous, je capitulerai. Je crois que je renoncerai, définitivement.
Je n'ai plus le cœur à jouer au chat et à la souris, plus l'âge de me compliquer la vie inutilement.

Toutes ces pensées tournent dans ma tête.
Je suis dans ma salle de classe, je prépare la journée qui sera particulière puisque nous faisons, mes collègues et moi, comme chaque dernier vendredi du mois, du « décloisonnement ».
En d'autres termes, nous échangeons nos élèves et proposons à une classe qui n'est pas la nôtre d'ordinaire, des activités différentes du programme habituel.
Je mets donc en place les derniers détails de l'atelier « philo » que je vais proposer à un groupe de 15 CE2.
Je les entend arriver en courant et criant dans le couloir.
Il va falloir commencer par les calmer.
Ils entrent en continuant à chahuter, très peu répondent à mon salut.
Je leur ai préparé des bancs, disposés en carré et je les invite à s'asseoir et à faire moins de bruit.
Je leur demande d'abord d'offrir leur prénom au groupe, en l'énonçant deux fois : une fois avec leur voix habituelle, et une 2e fois en modifiant leur voix. Ils doivent accompagner le mot d'un geste.
Tout se passe bien jusqu'à ce que Lolita, une fille aux longs cheveux blonds et au visage d'ange, lance son prénom avec un geste obscène.

Je pourrais faire celui qui n'a rien vu pour ne pas répondre à sa provocation mais ses camarades font « Ohhh » d'une seule et même voix et Jules ajoute « C'est dégoûtant !!! »
Je demande à Lolita de choisir un autre geste, ce qu'elle fait de mauvaise grâce en ricanant.

Puis je présente au groupe Monsieur Philo, une marionnette à l'allure de lutin espiègle, qui va réguler le débat. J'anime Monsieur Philo et je lui prête ma voix transformée. Il fait toujours sensation quand il sort très timidement de la sphère d'osier tressé qu'il habite, quelque soit l'âge des enfants. Même Lolita semble fascinée.

- Aujourd'hui, dit le lutin, j'aimerais que vous m'expliquiez ce que veut dire le mot « bonheur » pour vous.
- Vous souvenez-vous les règles ? (c'est moi qui pose la question). J'aimerais qu'on les rappelle avant de commencer.
- Faut lever le doigt.
- On doit dire quelque chose d'intéressant et pas répéter pareil.
- On a le droit de parler quand tu nous donnes le bâton de parole.
- Oui et n'oubliez pas, vous écoutez celui qui parle jusqu'à ce qu'il ait fini. Alors qui veut nous dire ce qu'est le bonheur pour lui ?
- Le bonheur c'est d'être heureux.
- C'est quand on se sent bien.
- C'est quand on est content.

- Moi j'ai un lapin qui s'appelle Bonheur !
- Le bonheur c'est quand on n'est pas malheureux.
- Moi je suis allé chez ma mamie, et elle m'a emmené faire du poney, il s'appelle Noisette le poney et il marche tout doucement pour pas que je tombe et après, elle m'a fait des crêpes au nutella.
- Et pour toi, ta mamie, le poney et les crêpes, c'est le bonheur ? demande Mr Philo.
- Oui, avec du nutella aussi.
- Pour moi, le bonheur, c'est quand je fais une soirée pyjama chez ma copine Emmy.
- Et ben moi, le bonheur c'est quand il y a des garçons qui jouent avec moi dans la cour parce que j'ai pas beaucoup de copains et j'aime pas l'école.
- Lolita, tu lèves le doigt si tu veux parler. Oui, c'est quoi le bonheur pour toi ?
- Moi c'est quand je fais caca parce que ça pue.
- ANNNNNNNNNNNNN, elle a dit un gros mot.
- Oh monsieur, vous avez entendu ?
- Lolita elle dit toujours n'importe quoi, fais pas attention monsieur Philo, elle est méchante ! dit Rosy qui veut, semble-t-il, réconforter la marionnette.
- Je ne crois pas que Lolita soit méchante, dit Mr Philo mais elle essaie peut-être de nous dire quelque chose et elle ne sait pas comment s'y prendre...
- Tais-toi, t'es moche, lui rétorque Lolita.

Tous les enfants se mettent à parler en même temps. Lolita est contente, elle a réussi à ramener l'attention à elle et à créer le désordre sans lequel elle ne peut se sentir exister.

Elle

L'humain a des ressources insoupçonnées. On tente de le détruire, il résiste , on le contraint, il s'adapte, on l'abat, il se redresse. C'est d'ailleurs plutôt la vie en lui qui lutte pour ne pas s'éteindre et qui le pousse à continuer quand il songerait à abandonner.

Hier, Angèle a pensé capituler. Elle n'a plus souhaité vivre. Baisser les bras, rendre les armes et se laisser doucement glisser dans une torpeur sans fin, lui paraissait la solution la plus séduisante.
L'homme masqué n'est pas venu, elle y a vu un signe et l'a accepté sans se rebeller ni avoir peur, au contraire, ça la confortait dans son choix.
Elle n'a pas mangé, juste bu un peu d'eau et beaucoup dormi. Elle a se sentait prête pour le grand voyage, elle se sentait accompagnée, une douce présence à ses côtés.
- Tante Julie, c'est toi ?
Elle a obtenu une réponse silencieuse et s'est recroquevillée comme un bébé, un sourire lui venant aux lèvres sans qu'elle s'en rende compte.

Quand elle se réveille, elle ne sait pas qu'elle a dormi presque 20 heures.
Une belle lumière inonde la pièce. Elle s'étire, se sent courbatue et en même temps gonflée d'une énergie nouvelle.

Elle pense expérimenter ce que la chenille-papillon éprouve au sortir du cocon !

Elle se lave à grande eau, frictionne tout son corps qui frissonne mais qui, une fois encore, semble vouloir repartir à l'assaut de la vie.

Lui viennent ces phrases d'Oscar Wilde : « Tout finira bien. Si ça ne va pas bien, c'est que ce n'est pas la fin. » Et elle éclate de rire.

Eux

Le message était long, si long que Brice avait dû rappeler pour le terminer.
Odile l'a écouté quatre fois, elle en connaît des bribes par cœur.
- Odile, c'est moi, Brice, il faut qu'on parle, il faut que tu m'écoutes jusqu'au bout.
Un long silence suivait, on l'entendait soupirer.
- J'ai déconné, le soir où on avait rendez-vous...
Il pousse un juron étouffé.
- Excuse-moi, j'ai renversé du café, je me suis un peu brûlé...
On entend des bruits d'eau qui coule.
- Oui, le soir où on devait aller au ciné, vers 19h, ma nièce qui vit à Paris, m'appelle et me dit qu'elle est à Lyon, est-ce qu'elle peut passer. Je l'adore cette gamine et je la vois pas souvent, c'est la fille de ma sœur qui vit en Allemagne, enfin, bref, je pouvais pas dire non, je voulais pas lui dire que j'étais pris.
Nouveaux soupirs.
- J'ai pas voulu te vexer, te faire de la peine alors j'ai inventé cette histoire de boulot, vu que ça aurait bien pu être ça. J'aurais mieux fait de te dire la vérité.
On entend qu'il allume une cigarette.
Je vais être franc jusqu'au bout, j'ai eu peur que tu proposes de te joindre à nous...

Je voulais être seul avec elle et je savais pas comment te le dire pour ne pas te froisser...
Il tire plusieurs fois sur sa cigarette.
- Odile, je veux pas te perdre, tu comptes pour moi, beaucoup plus que tu ne le crois...
- Tu sais, ou plutôt tu sais pas, parce que je te l'ai jamais dit, mais depuis que je te connais, je me sens plus vivant. J'aime t'entendre rire. J'aime tes mains, quand elles sont posées comme des oiseaux et quand elles s'animent tout à coup J'aime ta cuisine, tes repas pleins de couleurs et d'épices. J'aime me réveiller et te regarder dormir, entendre ton léger ronflement... J'aime tes seins qui ne se ressemblent pas...
- Je t'aime
Les dernières paroles sont prononcées dans un souffle, murmurées. Odile les entend et les entend encore et c'est comme un baume sur la blessure laissée par l'idée de la trahison.
Elle a envie de se mettre à danser. Elle lève ses mains et dit : Merci, merci, merci !

Dans la cuisine, la minuterie lui indique la fin de la cuisson de son velouté de patate douce au lait de coco. Elle éteint le feu sous la grande casserole et sort le mixer du placard.
C'est alors qu'on sonne à la porte. Elle croyait ouvrir à Brice, elle découvre Gérald, un gros bouquet d'œillets à la main.
Elle tâche de ne pas montrer sa déception, s'extasie sur la couleur des fleurs (en fait, elle n'aime pas les œillets... à cause de leur parfum qu'elle trouve entêtant), va

chercher un vase, n'en trouve pas qui soit assez grand et finalement pose les fleurs dans l'évier.
- Assied-toi, tu bois quelque chose ? J'étais en train de faire de la soupe, je finis de la mixer, j'en ai pour 2 minutes.
- Je boirais bien un jus de fruit mais je ne voudrais pas te déranger, tu sais, l'histoire du cheveu sur la soupe !

Gérald a du sentir son manque d'enthousiasme. Son rire est forcé, il parle sur un ton qu'il voudrait celui de la plaisanterie mais qui sonne faux.

Et en parlant de sonner, quelqu'un le fait à nouveau !
- Décidément, moi qui ai rarement de la visite...
Cette fois, Odile pense que ça pourrait être Germaine Filot sa gentille voisine qu'elle n'a pas vue depuis plus d'une semaine.
Elle ouvre la porte et c'est Brice qu'elle découvre.

Elle tombe dans ses bras, il la serre contre lui, lui donne toute sa chaleur. Ils échangent un baiser très tendre. Elle s'abandonne.
Elle se dégage doucement, comme à regret, met ensuite son doigt sur sa bouche en montrant l'intérieur de l'appartement et dit à voix haute :
- Ah Brice ! Si je m'attendais à toi, mais entre ! Viens, tu vas faire la connaissance de Gérald, un copain qui est passé prendre un verre.
- Je ne voudrais pas déranger …
Elle le sent se raidir, elle lui attrape la main et la lui serre brièvement pour le rassurer.

Il la suit vers le salon.
- Gérald voici Brice, Brice, c'est Gérald. Vous ne vous connaissez pas je pense...
Les deux hommes échangent une poignée de main de pure convenance.
- Assied-toi Brice, tu veux une bière ? J'ai de l'ambrée...
- Volontiers.
Elle apporte deux bières et les pose sur la table du salon.
- Oh Gérald, excuse-moi, tu voulais un jus de fruits, c'est ça ?

Elle tente de tisser le fil d'une conversation entre eux trois, se donne du mal, cherche les sujets qui pourraient faire parler les deux garçons, mais ne réussit qu'à meubler le silence pesant qui finit par s'installer.
Gérald regarde sa montre.
- Je crois que je vais y aller...
- Oui, tu travailles tôt demain. C'est dommage, tu n'as même pas goûté ma soupe.

Elle le raccompagne sur le palier, lui fait un petit signe d'adieu et referme la porte.

L'autre

Je suis arrivé déjà en colère.
J'ai pensé trouver une victime me suppliant, et cela m'aurait fait du bien. Je l'ai entendue qui chantait alors que j'étais derrière la porte. J'ai écouté.
- *J'aime le ciel tout bleu tout bleu sur mon chemin, j'aime la rose en sa fraîcheur, chante oh mon cœur !*

A croire qu'elle se foutait de ma gueule la garce !
Une de plus ! Une fois de plus, une fois de trop !

J'ai donné un grand coup de poing dans la porte, ça a fait un bruit métallique énorme qui a résonné dans toute la maison et elle s'est tue sur le champ. Coupée nette la rose !

Je suis reparti sans bruit, qu'elle se pose des questions, qu'elle se triture la cervelle pour deviner ce qui va se passer, à quelle sauce elle va être mangée !

Je me suis assis dans la voiture, j'ai ôté mon masque, l'ai caché sous la couverture à l'arrière. J'ai posé mes mains qui tremblaient sur le volant. J'ai regardé la nuit à travers le pare-brise.

J'aurais voulu hurler ma rage, je l'ai ravalée, comme d'habitude ! Être perpétuellement à côté de la vie, à côté de la plaque, celui qui n'est jamais à sa place, puisqu'il n'y a pas de place pour lui...
 Être l'autre toujours !
Je n'en peux plus, je n'en veux plus. C'est fini, terminé !
On passe à un nouveau chapitre de l'histoire. Et c'est moi qui l'écrit.
Le gentil qui s'efface, le mou qui s'excuse, le petit qui se retire sur la pointe des pieds, ils n'existent plus.
Il va falloir qu'elles se mettent ça dans la tête, toutes ces chiennes prétentieuses, ces pétasses méprisantes, ces pisseuses assises !

 Il déboutonne la cote, soulève son tee-shirt et allume le plafonnier de la voiture.
Il contemple le tatouage alors qu'un sourire lui monte aux lèvres. Un dragon noir et orange, puissant, couvre entièrement son torse du nombril aux épaules. Ça lui fait comme une armure, une cuirasse invisible, c'est le symbole de ce qu'il est en train de devenir...

La partie du dessin la plus récente, sur l'épaule gauche, n'est pas complètement cicatrisée, il gratte une croûte, réactivant la douleur, oh juste un fragment de douleur !
Car elle a été parfois violente, la souffrance sous les aiguilles, fulgurante et salvatrice.
La première fois, il avait fait l'erreur de boire un whisky puis un deuxième pour se donner du courage avant la séance. Il n'avait pas pensé au fait que l'alcool fluidifie

sang. Il y en avait partout, une vraie boucherie et le tatoueur avait dû s'arrêter.

Et puis, peu à peu, au fil des séances, il a apprivoisé la souffrance, y a même pris plaisir parce qu'il savait qu'elle faisait de lui un autre homme.

Il semblerait que son entourage n'ait pas encore perçu sa métamorphose.

On continue à lui marcher sur les pieds et à le considérer comme la cinquième roue du carrosse. Il frappe le volant violemment.

Il ne peut tout de même pas se pavaner torse nu pour exhiber son dragon aux yeux de tous et toutes...

Il caresse l'animal avec tendresse :
- On va leur montrer, on va leur faire voir qui on est tous les deux, chuchote t-il.

Lui

J'ai décidé de prendre le taureau par les cornes .
Je vais mettre Martha au pied du mur.
Elle continue à me parler chaque soir mais c'est comme si elle ne s'impliquait pas. Notre belle connivence semble s'être évaporée.
 Avant, je devinais souvent ce qu'elle allait dire et inversement. Nous étions sur la même longueur d'onde. Réellement !
Je sentais s'installer la complicité peu à peu, au fil des minutes... A partir d'un certain stade, nous aurions pu rester silencieux et continuer à communiquer sans mots...
 Ça n'est plus du tout le cas. On dirait qu'elle s'ennuie !
Avant, je l'entendais sourire au travers des mots, maintenant je l'entends bailler !
Je vais donc lui proposer ce soir, que nous nous rencontrions. Nous verrons bien …

A 22h38, j'ai terminé de préparer la fiche pour la séance de Langage Oral de demain. On va travailler sur l'histoire « Boucle d'Or et les 3 Ours », qui mine de rien, comme tous les contes , aborde des notions importantes dans la vie de l'enfant, ici celles de la famille et de la place qu'on y trouve, ou pas...

 Je me connecte. Martha est en ligne.

- Bonsoir Martha, comment vas-tu ?
- Ça va, ça va, je rentre de la piscine. Et toi ?
- Je vais bien. J'ai beaucoup réfléchi et je voudrais te demander quelque chose...
Un silence qui me semble long, suit.
- Oui, vas-y.
- J'aimerais te rencontrer. Pour de vrai, en chair et en os !
– Oui, pas de problème !

Sa réponse a cette fois été rapide, trop me semble t-il.
 Et puis le choix du mot « problème », même pour assurer qu'il n'y en a pas... Je deviens peut-être complètement parano ?
- Est-ce qu'on peut envisager de faire chacun une partie de la route ? On se retrouverait à Mâcon par exemple... Si ça te convient bien sûr...
- Oui, Mâcon c'est bien.

Dix minutes plus tard, nous avions convenu de nous retrouver à la gare de Mâcon, le samedi suivant, entre 11h et 11h30. Nous irions, si le temps le permettait, faire une balade le long de la Saône puis déjeuner dans un resto au bord de l'eau. J'ai demandé à Martha comment je la reconnaîtrais, moi je serai accompagné de Falco mon Berger Australien bleu merle, aux yeux vairons.
- Je serai habillée en rouge.

Sa réponse m'a laissé dubitatif.
Martha m'avait dit n'avoir plus jamais porté de rouge depuis son mariage raté...

Eux

Odile gravit les marches deux par deux et arrive toute essoufflée devant la porte de Germaine Filot.
Elle sonne mais personne ne répond. Elle entend le son de la télé assez bien pour comprendre ce que dit l'animateur. Il est 18h30 et Germaine regarde une de ses émissions de jeux favorite.
Odile finit par ouvrir la porte et appelle.
- Germaine, n'ayez pas peur, c'est Odile ! Je peux entrer ?
Comme la réponse ne vient pas, elle continue d'avancer. Germaine, la tête en arrière, la bouche entrouverte, émet un charmant petit sifflement.
Odile ressort sur la pointe des pieds. Elle rentre chez elle, marche de long en large, s'assied, allume une cigarette qu'elle écrase aussitôt.
Elle prend le téléphone. On répond à la troisième sonnerie.
- Bonsoir Germaine. J'aurais besoin de votre avis, est-ce que je peux passer un instant ?
- Mais oui Odile, venez ! Je sors la Suze, on boira un petit apéritif et on discutera un peu. Ça fait longtemps que je ne vous ai pas vu.
Les deux femmes s'installent côte à côte dans le canapé profond en tissu beige dont les accoudoirs sont protégés par des napperons écru réalisés au crochet par Germaine. Odile se calme instantanément. On se sent bien chez sa voisine. Il émane de cette femme âgée et de son appartement coquet, une sorte de quiétude.

Germaine a déposé des biscuits salés sur une assiette. Elles trinquent en entrechoquant les petits verres de couleur bien remplis.
- A votre santé Odile !
- A la vôtre Germaine !
Elles savourent l'alcool amer et sucré à la fois.
- Oui, Je voulais vous demander votre avis. En rentrant, j'ai trouvé cette lettre dans la boîte d'Angèle. Vous voyez, il y a le tampon de la maison de retraite dans laquelle est sa tante Julie. Et ils ont écrit URGENT en rouge sur l'enveloppe. Je ne sais pas quoi faire. Tout ça m'inquiète. C'est pas normal qu'elle n'ait pas donné de nouvelles, ça va bientôt faire un mois qu'elle s'est évanouie dans la nature. Et maintenant ce courrier. Il y a quelque chose qui cloche. Angèle n'est pas comme ça. Je me fais du souci. Est-ce qu'on n'aurait pas dû réagir plus tôt ? Et s'il lui était arrivé quelque chose ?
Odile est au bord des larmes et elle plie et déplie machinalement l'enveloppe.
- Nous pourrions peut-être l'ouvrir. Partageons-en la responsabilité. Attendez, on va le faire proprement, je vais chercher mon coupe-papier.
Germaine attrape la lettre et elles prennent connaissance ensemble de son contenu. Odile pâlit et un sanglot lui échappe. Germaine essuie ses yeux avec un mouchoir sur lequel des initiales sont brodées, qui ne sont pas les siennes.
Julie est morte, il y a une semaine.
Elle a laissé un petit paquet à l'attention de sa nièce. La directrice de l'établissement lui demande de bien vouloir passer le récupérer.

Elle

Elle a senti quand il est entré, qu'il était dans un état de colère et même de rage.
Il l'avait laissée trois jours sans visite. Elle commençait à s'inquiéter mais à peine. Elle a atteint un état de résignation ou plutôt d'acceptation qui lui évite de lutter en vain.
Elle ne l'a donc pas vraiment attendu, et quand il est arrivé ne s'est pas réjouie, ni effondrée.
Elle est restée stoïque et elle pressent que c'est cette indifférence qui le met en rage.
Il lui fait un geste de la main pour lui indiquer qu'elle doit approcher, elle obtempère. Il la fait se retourner, lui saisit les mains et lui lie les poignets dans le dos avec une cordelette qu'elle l'a vu sortir de sa poche. Il lui place ensuite un bandeau occultant sur les yeux.
Elle attend quelques instants, immobile. Elle entend qu'il apporte des objets dans la chambre.
Puis, il se place devant elle et la tire par sa tunique pour qu'elle le suive. Elle lui est gré de marcher devant : se déplacer à l'aveugle et sans les mains pour tâtonner, l'aurait angoissée. Elle est donc dans sa trace, elle écoute les bruits pour comprendre. Elle entend ainsi qu'il a pris un escalier juste avant de buter contre la première marche. Ils en montent une dizaine puis suivent ce qui pourrait être un couloir. Il l'abandonne, le temps d'ouvrir une porte avec une clé puis il la pousse et l'assied sur ce

qui semble être un tabouret. Il referme la porte sur elle, tourne la clé.

Elle l'entend s'éloigner. Elle a l'impression d'une obscurité plus profonde. Elle tend une jambe et découvre qu'elle est dans un lieu exigu, une sorte de placard probablement. Il ne l'a pas bâillonnée, sans doute n'y a t-il aucune chance qu'elle soit entendue si elle se mettait à crier. Inutile donc de se fatiguer et de risquer de l'énerver pour rien.

Elle respire à fond pour garder son calme. Ça sent légèrement la menthe. Ou plutôt l'eucalyptus ? Un parfum de synthèse. C'est probablement l'odeur de produits d'entretien.

Au bout d'un moment, elle réussit à déplacer le siège jusqu'à ce qu'il touche une paroi, ce qui lui permet d'appuyer son épaule droite et de reposer ainsi son dos douloureux.

Et puis elle attend.

Elle se refuse à faire des suppositions et à paniquer. Elle bouge ses doigts dans son dos pour maintenir la circulation. Elle chantonne tout bas pour se donner du courage et pour occuper le temps.

Elle l'entend revenir. Il ouvre la porte, la saisit par le bras.

Il est reparti après l'avoir détachée et lui avoir retiré le bandeau.

Quand elle a retrouvé la chambre, nettoyée, aérée, des draps propres, elle a dit merci.

Elle s'est allongée de tout son long, elle se sentait presque heureuse.

Et puis elle l'a vu. Un vaporisateur de produit désinfectant oublié sur le lavabo. Et en même temps, elle l'a entendu qui revenait. Elle a saisi le flacon, a regardé autour d'elle. Vite, il fallait trouver un endroit où le cacher...
Il est entré, l'air suspicieux. Elle faisait mine de somnoler, son cœur battait la chamade.

Il a regardé tout autour de lui, dans le seau, la poubelle, sous le lit, l'a poussée et a soulevé le drap et l'oreiller.
A fait le tour de la pièce encore une fois.

Elle a été seule à nouveau. Un grand sourire s'est dessiné sur ses lèvres.

Eux

 Brice lui a encore proposé de venir habiter chez lui. Il a une coquette petite maison avec jardin.
C'est tentant et en même temps, elle n'est pas sûre de vouloir de cette vie qui les amènerait à être ensemble au quotidien.
 Pour ce qui est du couple, elle a déjà donné avec le père de sa fille : 12 ans de vie commune.
Elle a tenu pour Élodie, parce qu'elle pensait que c'était mieux pour un jeune enfant d'avoir son père et sa mère. Elle a accepté de vivre comme « entre parenthèses » et, si elle pouvait revenir en arrière, ne referait certainement pas ce choix là.
D'ailleurs, Élodie elle-même lui reproche d'avoir été une mère peu épanouie, trop souvent triste, irritable.
- C'était vraiment pas drôle pour moi cette vie entre papa et toi. Je voyais bien que vous ne vous aimiez pas vraiment, que vous restiez ensemble à cause de moi. Je t'ai entendu le dire. Et je me sentais responsable de tout ce gâchis. Franchement maman, j'aurais préféré une mère qui vive ce qu'elle avait à vivre et qui s'éclate. Et si tu pensais préserver mon bonheur en oubliant le tien, tu as eu tout faux maman ! Je te le dis, parce que moi je veux être franche. Dans la famille des « Faire-semblant », donnez-moi la fille ! Et bien, il n'y a plus de fille, je me tire.

Élodie est partie vivre à Lille. Odile et Ben se sont séparés, sans douleur...
Ils n'étaient plus ensemble depuis longtemps.

Sa fille ne l'a jamais invitée, elle n'a pas voulu s'imposer. Elle l'appelle une fois par mois, par devoir, elle en est consciente.
Elle le note dans son agenda : « Appeler Élodie mardi à 19h »
Quand elle raccroche, elle est soulagée, comme quand on sort de chez le dentiste après un détartrage. Ça n'a pas été franchement douloureux mais on est content d'en avoir fini...
Et voilà donc Brice qui, voulant sans doute lui faire plaisir et l'assurer de son amour, lui propose à nouveau la vie à deux.
Elle va y réfléchir.
Concernant sa propre expérience du couple, elle se souvient surtout des concessions obligées, des manies et habitudes de l'un et de l'autre à faire cohabiter. En ce qui les concernait, Ben et elle, tous leurs efforts n'avaient abouti qu'à une existence bancale, toute de guingois, inconfortable pour eux deux, et sans joie .

Elle vit seule depuis onze ans.
Plutôt bien. Appréciant d'avoir un grand lit tout à elle, de se relever en pleine nuit pour regarder la télé ou écouter de la musique, de traîner en pyjama informe le dimanche entier si elle le souhaite, sans même jeter un œil au miroir, de manger sur le pouce quand elle n'a pas envie de cuisiner, de sortir avec Angèle deux soirs de suite et

de rentrer à point d'heure sans avoir à donner d'explication à quiconque...

Angèle lui manque tellement ! Plus qu'un homme lui a jamais manqué. Leurs fous rires, leurs discussions à n'en plus finir sur les hommes, l'amour, le sexe, la vie...

 Elle s'est mise d'accord avec Germaine, avec Brice et avec Gérald. Chacun d'eux pourra se rendre disponible mercredi prochain, ils iront donc tous les quatre signaler sa disparition.

Leur nombre permettra peut être qu'on prenne plus au sérieux leur déposition.

L'autre

Les choses ne se mettent pas en place comme je voudrais.
Je croyais que la chance était enfin de mon côté, que le vent avait tourné.
Je pensais qu'elle allait être obligée de s'incliner, de reconnaître qu'elle avait perdu la partie.

Mais elle continue à résister, elle est beaucoup plus coriace que ce que j'imaginais.
Elle réussit à s'adapter à tout.

J'ai sûrement encore été trop gentil. Je ne parviens pas à la maintenir dans la peur.
Elle a semblé craquer une fois ou deux et puis la voilà qui fait à nouveau la fière.

Et maintenant ce vaporisateur de désinfectant que je ne retrouve pas... Je ne suis pas complètement sûr de l'avoir oublié chez elle...

« CHEZ ELLE » ! C'est donc ça que je pense ! C'est donc ça qui s'est produit !
Voilà pourquoi je me sens furieux sans arriver à déterminer précisément la cause de cette colère permanente qui m'habite.

J'ai, une fois de plus été floué, roulé dans la farine !!!
Elle a donc réussi à faire de cette geôle où je l'ai mise et où je la maintiens de force, un endroit à elle.

Elle tente encore de mener le jeu et de gagner cette partie qui est pourtant la mienne !

Nom de dieu ! Je n'ai pas l'intention de la laisser faire quoiqu'il dû m'en coûter!

Lui

J'ai très peu dormi cette nuit.
J'étais comme un poisson sautant sur le pont d'un bateau, terrorisé de s'asphyxier. Je tournais dans tous les sens, me couvrant puis rejetant la couette, me mettant sur le dos, un côté puis l'autre. Le sommeil se refusait à moi malgré la fatigue.
Une sourde angoisse montait, de celles qui viennent le soir, sans doute parce que la nuit permet moins l'oubli de notre mortalité.

Qu'est-ce qui se jouait pour moi dans le fait de rencontrer Martha ? J'ai allumé la lampe de chevet.

J'ai fini par comprendre que j'avais très peur d'être abandonné.

Et cela posé, tout s'est apaisé à l'intérieur.
J'avais déjà survécu et je survivrais encore à un rejet. La « trahison » de Myriam m'avait castagné, matraqué, bastonné, rossé, mais je m'étais relevé plus fort.
Il ne pouvait rien m'arriver d'irrémédiable.
Je risquais de faire toute cette route pour rien, d'être mis face à l'évidence de mon erreur d'appréciation. Et alors ? La belle affaire !

Je risquais aussi de tomber en amour...

Je me suis endormi avant d'avoir éteint et j'ai rêvé que j'attendais Martha sur une place, devant une cathédrale. Un franc soleil brillait. J'avais acheté des fleurs, un énorme bouquet de pivoines crème avec des nervures roses.
Elle m'avait dit qu'elle serait vêtue de bleu et je ne voyais que des femmes en rouge. Et puis mon portable sonnait et c'était elle.
Elle me disait : « Où es-tu, je t'attends sur la place de l'église depuis 30 minutes »
Je lui répondais : « Je suis depuis 30 minutes sur la place de la cathédrale »
Et nous riions de ce quiproquo.

Je me réveille plein d'entrain, après ce rêve plutôt joyeux et de bon augure.
Je prends une douche, je n'ai pas envie de me raser, je choisis mon pull en laine vert menthe.
Je passe le collier de cuir tressé au cou de Falco, qui se met se met à japper et tourner comme un fou quand il comprend qu'il m'accompagne
J'ai préparé un petit sac de voyage, je dormirai une nuit chez mes parents au retour.

Avant hier soir, quand j'ai appelé ma mère pour la prévenir, elle a voulu savoir pourquoi je venais à Mâcon.
- Bonsoir maman, comment ça va ?
- Bonsoir mon fils, je suis contente de t'entendre ! Ça va, comme des vieux... J'ai mon genou droit, tu sais, celui qui a été opéré, qui se rappelle à mon bon souvenir. J'irai voir le docteur si ça ne passe pas.

- Je t'avais rapporté une super pommade de Thaïlande, tu en as mis ?
- Non, j'ai perdu le pot...
- Et papa ?
- Oh, ton père, tu le connais, il n'exprime jamais rien. Alors je suppose que ça va.
- Dis maman, je descends à Mâcon samedi et je pensais que j'aurais pu passer la soirée avec vous...
- Ah, tu viens à Mâcon ???
- Oui, juste pour la journée.
- Mais bien sûr qu'on sera contents de te voir, tu resteras le dimanche.
- Je repartirai en fin de matinée, on aura eu le temps de discuter.
- Bon, tu fais comme tu veux... Tu viens voir quelqu'un à Mâcon ?
- Oui... Une copine.
- Ah, je m'en doutais ! Et tu ne voulais pas m'en parler ? Quel cachottier ! Tu sais bien que je ne vais pas te tirer les vers du nez, tu m'as toujours dit ce que tu voulais bien me dire et je m'en suis contentée... Alors tu as rencontré quelqu'un ? C'est sérieux je suppose, pour que tu fasses toute cette route pour venir la voir...
- Maman, je t'ai parlé d'une copine, pas d'une fiancée !
- Oh je suis contente pour toi mon fils. Je ne voulais pas te le dire mais je me faisais du souci. Un homme tout seul, c'est pas une bonne chose. J'avais peur que tu te mettes à boire... Chaque fois que tu me téléphones et que je te demande si ça va, tu me dis que tout va bien, que tu viens de boire une bonne bière. Je le disais encore à ton père la dernière fois que tu as téléphoné, je lui disais, je

me fais du souci, quand je lui demande si ça va, il me parle de la bière qu'il a bu. Non, c'est vrai, un homme c'est pas fait pour vivre seul. Et puis, je peux te le dire maintenant, j'avais peur que tu tournes mal. On en voit de plus en plus de ces hommes qui vivent ensemble... C'est sûrement qu'ils ont été déçus par les femmes et comme toi tu...

- Maman, je viendrai donc samedi, je pense entre 18h et 19h, je te rappellerai quand je prendrai la route. Et je viens avec Falco bien sûr.

- Oui, il restera au sous-sol comme d'habitude Et la prochaine fois, j'espère que tu nous amèneras ta « copine » plutôt que ton chien!

Elle

Elle soulève le couvercle du réservoir de la chasse d'eau. Elle sourit.
Maintenant, elle détient une arme !
Elle essuie le flacon et vaporise un peu de produit en l'air, pour le plaisir.
Puis elle le cache dans le lit et se couche, son pied droit touche le plastique et ça la réconforte en quelque sorte.

Elle va attendre un peu, qu'il ne soit plus sur ses gardes, que sa méfiance soit retombée.
Et puis, elle fera en sorte qu'il s'approche, elle aura le vaporisateur à portée de main, elle visera les yeux.
Certes le masque risque d'arrêter la projection mais si elle ne tente pas sa chance, elle n'en aura certainement pas d'autre avant longtemps.
Si elle rate son coup, il va être furieux contre elle et risque de le lui faire payer.
Mais elle a plus à gagner qu'à perdre !
Si elle réussit à l'aveugler, même un court instant, il faudra aussi qu'elle parvienne à gagner la porte. Puis qu'elle monte l'escalier et trouve une sortie. Elle devra probablement s'échapper par une fenêtre, la porte d'entrée risque d'être fermée à clef. Elle a remarqué le trousseau qu'il remet habituellement dans la grande

poche de sa cote, après avoir déposé le panier qui lui est destiné.
Elle espère qu'il n'y a pas de volets. Mais il y en a probablement ... Et s'ils sont motorisés, comme ceux de son appartement, elle est perdue, ça mettra trop de temps à s'ouvrir pour la laisser passer.

Beaucoup de facteurs risquent de jouer en sa défaveur. Pourtant, elle va tenter le tout pour le tout et mettre le maximum de chances de son côté, en visualisant la scène, en s'entraînant et en s'imaginant faire face victorieusement à tout ce qui pourrait advenir !

D'abord, elle doit retrouver plus d'énergie. Elle se concocte un programme de préparation physique. Elle a fait du running avec Odile, il y a quelques années, elle se souvient parfaitement de leurs échauffements et décide donc de s'y remettre.
Elle a tout le temps voulu et c'est seulement quand elle sentira qu'elle est parfaitement prête, qu'elle planifiera son évasion précisément.

Elle décide d'écrire tout ce qu'elle va faire chaque jour, ça l'aidera de l'avoir noté.
Mais elle sait qu'elle doit prendre toutes les précautions. Imaginons qu'il vienne à l'idée du ravisseur de mettre le nez dans son cahier ! Il ne l'a jamais fait jusqu'alors et elle lui en est reconnaissante. Mais elle a compris qu'il est lunatique et peut se montrer imprévisible.
 Elle le soupçonne d'ailleurs de chercher à la déstabiliser : après avoir installé une routine qu'elle

finissait par considérer comme immuable, il la brise et semble guetter son désarroi...

Elle choisit donc d'arracher des pages au centre du cahier, il ne s'en rendra pas compte, à moins de les compter ce qui est fort improbable...Et elle se met à écrire tout ce qu'elle prévoit pour être au mieux de sa forme :

1 : courir autour de la pièce à mon rythme et tout en chantonnant pour être sûre de garder une aisance respiratoire, le plus longtemps possible ;

2 : m'étirer à différents moments de la journée ;

3 : faire 7 salutations au soleil au réveil ;

4 : tenir mes postures de yoga favorites pour m'assouplir : la Chandelle, la Charrue, le Poisson, la Pince et le Cobra : « Avec ça, tu peux trembler homme masqué ! ». (Elle rit tout bas.)

5 : augmenter très progressivement la durée et la vitesse de mon footing, afin d'éviter courbatures ou blessures ;

6 : ajouter des montées de genoux qui me seront utiles en prévision des escaliers.

Elle se fait un calendrier en traçant un tableau de 30 cases qu'elle remplit : dans un mois, elle sera prête !

Elle se sent dynamisée par l'élaboration et l'écriture de son plan... même si elle perçoit bien le côté puéril de la chose.

Mais elle a maintenant un projet ! Et ça la propulse à nouveau dans la vie !

Elle plie les deux feuilles autant de fois que possible, les entoure d'un petit morceau du film alimentaire qui contenait le pain qu'il lui a apporté et les place dans le réservoir de la chasse d'eau.

Elle jette dans la poubelle le reste du film étirable, pour le cas où il vérifie.

Elle s'allonge sous le drap.
Elle se sent tout à la fois excitée telle une gamine jouant à cache-cache et déterminée comme une résistante ayant une mission importante.

 Elle imagine déjà ce qu'elle fera quand elle sera libre.
Par prudence, elle ne se rendra pas directement chez elle.
D'abord, en tout premier lieu, elle ira embrasser tante Julie.
Puis elle frappera chez Odile et lui demandera si elle peut prendre un bain très chaud avant de tout lui raconter devant un verre de vin.
Elle fera changer sa serrure et mettre un double verrou.
 Et puis, elle prendra rendez-vous chez le coiffeur.
Mais avant, elle enverra un message à Billy...
Elle sourit.
Elle tâte du pied le vaporisateur. Et elle s'endort.

Eux

 Germaine a sorti trois robes de sa penderie, les a posées sur le lit.
Elle hésite, ne sait laquelle choisir. Aujourd'hui, elle voudrait être belle.

 Elle a invité ses filles au restaurant. Micheline et Adèle viendront avec leurs enfants, Anaïs, Léo et Tony.
François, le mari d'Anaïs, sera présent pour l'apéritif seulement : son club de bridge se rend à Grenoble pour un tournoi important auquel il se doit de participer.
 Finalement, elle opte pour la robe grise en lainage. Elle est bien coupée, à la fois simple et élégante.
Elle prend le collier rouge que lui a offert Adèle pour la dernière fête des mères, se parfume, fixe une mèche de cheveux qui dépasse d'un jet de laque.

Elle se met à rire doucement, le jet de laque lui évoque le sketch de Sylvie Joly, « La coiffeuse ».
Quand elle l'a vu pour la première fois, il y a bien des années, elle a tellement ri qu'elle en a fait pipi dans sa culotte.
Sa meilleure amie Mireille, elle-même coiffeuse, s'était sentie vexée de ce débordement d'hilarité, le prenant comme une moquerie à son encontre. Elles avaient failli se brouiller, à cause de Sylvie Joly !

Elle essuie ses yeux, qu'est-ce que ça fait du bien de rire ! Elle ne le fait plus assez souvent...

La voilà prête. Elle se contemple dans le miroir de l'entrée et se dit, « Germaine, tu es bien belle ! Tu es vieille, certes, mais tu es une belle petite vieille ! »

Elle ferme sa porte à clef puis se ravise.
Elle rouvre, se rend dans sa chambre, extrait de son coffret à bijoux le bracelet doré que lui a offert Micheline et le glisse à son bras.

Quand elle arrive au restaurant, Adèle et François sont déjà dans l'entrée avec les garçons qui courent partout.
- Bonjour maman, tu es toute belle et tu as l'air en forme.
Adèle la sert dans ses bras.
Germaine embrasse son gendre. Le petit Tony lui saute au cou.
- Regarde mamie, j'ai mis le sweat de Batman que tu m'as acheté.
Léo s'approche à son tour.
- Que tu es beau mon Léo ! Qui t'a fait cette superbe coiffure ?
- C'est maman. Touche, j'ai mis du gel.
- En parlant de coiffure, il faut que je vous raconte quelque chose de drôle. Mais allons nous asseoir, Micheline nous rejoindra à l'intérieur, elle ne devrait pas tarder...

Germaine a réservé une grande table ronde.

Ils prennent place, Adèle est à sa gauche, Tony à sa droite, elle est heureuse. Elle commence à raconter l'histoire du sketch de Sylvie Joly et tout le monde rit.
C'est alors que Micheline arrive, l'air contrarié. Elle tire à bout de bras Anaïs qui pleurniche et résiste pour la forme.
Tout le monde se lève pour les embrasser.
- J'ai cru que je n'arriverais jamais ! Cette demoiselle m'a fait une comédie pour mettre la robe verte que tu lui as offerte maman, mais qui est beaucoup trop habillée... Il faut toujours qu'elle me contredise et elle voudrait faire la loi, à son âge ! Qu'est-ce que ça va donner quand elle sera ado ? Je m'attends au pire ! Vous avez moins de problèmes avec vos garçons.

Micheline s'assied après avoir échangé avec chacun des bises sans chaleur.
On dirait qu'elle fait en sorte de mettre le moins qu'elle peut, sa peau en contact avec le corps d'autrui... et le plus brièvement possible aussi...
Elle est en face de Germaine et l'examine d'un regard inquisiteur.
« Heureusement que j'ai pensé à mettre le bracelet », pense la vieille dame.
- Vous aviez l'air bien gai avant que j'arrive. Je peux savoir ce qui vous faisait tous rire ?
- Je racontais l'histoire du sketch de Sylvie Joly, tu sais, « La coiffeuse »... Quand elle parle du jet de laque avec lequel elle veut attaquer le meurtrier...J'ai repensé à ça quand je me laquais les cheveux ce matin et je me suis mise à rire toute seule...

- Anaïs, arrête de faire du bruit quand tu bois sinon je te reprends la paille . D'ailleurs tu sais que je n'aime pas que tu boives ce genre de cochonneries , il y a plein de sucre là dedans. Tu ne dis rien Adèle ? Toi ça ne te gêne pas que tes gosses aient déjà avalé l'équivalent de huit sucres avant le repas ?

Tout en parlant, Micheline a soigneusement examiné verre et couverts. Heureusement, l'inspection paraît la satisfaire.
 Le serveur s'approche pour prendre la commande.

 Il est 18h00.

Adèle est assise à côté de la baignoire où Tony barbote et joue au sous-marin. Elle chantonne une chanson que Germaine chantait à ses filles quand elle leur donnait la bain : « Maman, les p'tits bateaux qui vont sur l'eau ont-ils des ailes ?... »
Elle garde beaucoup de doux souvenirs de cette époque de l'enfance, contrairement à Micheline qui dit ne se rappeler d'aucun moment tendre. Adèle pense que son aînée exagère et qu' elle a toujours aimé de poser en victime. Aujourd'hui, par exemple, alors que tout allait bien, elle s'est mise à faire des remarques perfides aux uns et aux autres (à sa sœur tout particulièrement d'ailleurs), puis à ressasser de vieilles rancunes. On dirait qu'elle cherche les histoires, qu'elle essaie de gâcher les beaux moments... Et puis, elle a besoin de pointer systématiquement du doigt, le verre à moitié vide !

Germaine a rangé sa robe et remis sa blouse, une sorte de rite ! Elle peut ainsi vaquer à ses occupations sans crainte de se tacher. Elle a ouvert un journal sur la table, y dépose les épluchures de pommes de terre puis coupe les légumes en cubes. Elle a gardé cette habitude de tout préparer la veille pour le lendemain de l'époque où elle jonglait entre son travail de couturière, son rôle de mère de deux petites filles et accessoirement, d'épouse.

Le repas au restaurant était délicieux et tout s'est bien passé.
Micheline était tendue mais elle a fait un effort, Germaine l'a remarqué.
C'est vrai qu'Adèle est parfois agaçante dans son rôle de femme à qui tout réussi et de mère irréprochable. Elle a endossé très jeune un costume de perfection et semble l'avoir conservé en tant qu'adulte même s'il la gêne manifestement aux entournures!

Anaïs semble hypnotisée par le dessin animé. Micheline s'est assise à côté d'elle dans le canapé mais elle est à mille lieues de la Reine des neiges.

Les yeux fixés sur le vide, elle revit cette journée qu'elle appréhendait tellement et qui ne s'est finalement pas trop mal passée.
Au prix d'énormes efforts de sa part, qui ont pompé toute son énergie...
Elle se sent éreintée et essuie furtivement une larme (d'épuisement plus que de tristesse), qu'elle n'a pu retenir mais que sa fille n'a, heureusement, pas semblé remarquer.

L'autre

Je crois savoir où elle a pu cacher le flacon de désinfectant, j'en mettrais presque ma main au feu.
Ça m'est venu à l'esprit tout d'un coup, comme une intuition, alors que je marchais dans la rue.

Disons que le hasard a voulu m'aider, pour une fois !

Je sortais d'un bar où j'avais bu quelques verres, je faisais de grandes enjambées à cause du froid, j'ai levé les yeux et j'ai vu ce panneau avec une pub vantant un produit miracle pour les chiottes.

J'ai laissé s'échapper un cri d'allégresse, je la tenais, la garce !

Lui

Le temps n'est pas de la partie.
Il pleut comme chien qui pisse et le vent rend la conduite difficile. Les essuie-glace ont du mal à garder le pare-brise propre. J'ai les yeux qui fatiguent à tenter de voir la route toute effacée.
J'espère que Martha ne sera pas en difficulté. Heureusement, elle est plus près de Mâcon que moi. Elle m'avait dit ne pas trop aimer conduire sur de longs trajets...

A 10h47 je suis arrivé à destination et j'ai trouvé une place pour me garer.
Je maintiens ma capuche d'une main et j'ai la poignée de la laisse de Falco dans l'autre.
Je m'installe à l'entrée du buffet de la gare où heureusement, les chiens sont admis. Je remarque cependant le regard désapprobateur du serveur derrière le comptoir quand Falco se secoue...Je lui laisserai un pourboire pour me faire pardonner. Il s'approche et je commande un grand café.

Une heure et deux autres cafés plus tard, Martha n'est toujours pas parue, ni en rouge ni en bleu !
Je me sens beaucoup moins détendu et l'excès de caféine n'est sans doute pas sans contribuer à mon état

nauséeux. Falco commence également à manifester des signes d'impatience.

J'ai donné mon numéro de téléphone à Martha, qui ne m'a pas laissé le sien sous prétexte de problème de réseau qu'elle n'arrivait pas à résoudre. Je ne peux donc pas la joindre et n'ai qu'à attendre.

La promenade prévue n'est de toutes façons pas envisageable, il pleut toujours autant.

Je décide de patienter encore un quart d'heure et puis j'appellerai le restaurant pour annuler la réservation. Je commanderai ici un sandwich et une pression avant de reprendre la route...

Elle

Elle l'entend dévaler les escaliers.
Il ouvre la porte, entre précipitamment, laisse tomber le panier qu'il tenait et s'approche des toilettes.

Il se retourne vers elle et la contemple, ou plutôt c'est le masque qui semble la fixer.
Si c'était possible, elle dirait qu'elle décèle de l'ironie dans cette absence de regard...
Les fentes en forme de poissons du faciès blanc la dévisagent longuement, comme pour lire en elle ou l'intimider.
Elle est assise sur le lit, en train de dessiner.
Elle a commencé à dessiner un visage, un visage d'homme. Quand elle a reconnu son pas, elle était en train d'ébaucher l'œil gauche, quelle coïncidence !
Elle a aussitôt déposé le crayon à côté d'elle, laissant le cahier sur ses genoux, sans tenter de le cacher, de peur d'attirer davantage son attention.

Il se retourne enfin et soulève le couvercle du réservoir de la chasse d'eau. Il a vite compris qu'il ne dissimule rien. Il le referme très lentement.
Elle devine la crispation de ses doigts. Elle voit la rage qui ruisselle de lui comme une lave.

Ah, s'il pouvait la détruire, la brûler, la consumer ! Elle a l'impression de lire dans ses pensées malgré le déguisement sensé le protéger !
Elle retient son rire de triomphe.

 Peut-être l'a t-il deviné...Il s'approche tout près d'elle, toujours lentement. Encore plus près.
Puis il lève sa main gauche gantée, brusquement. La gifle feinte lui fait replier les bras en protection devant son visage.

 Il a eu ce qu'il voulait... Sa peur !

 Il est reparti.

Et elle sait que, malgré tout, elle a remporté cette manche.

Eux

  Ils ont été reçus par une jeune femme dans un petit bureau du commissariat.
Elle a semblé surprise de leur nombre, il a fallu aller chercher d'autres chaises, ça a été compliqué d'en trouver.

Ils ont décliné à tour de rôle leur identité et leur lien avec la disparue.
La policière a posé les questions d'usage : avaient-ils vérifié les hôpitaux ? Odile l'avait fait ; contacté ses proches, sa famille ? Angèle n'en n'a plus, de famille ; quant à ses proches, ce sont eux : ses deux voisines et ses copains, Gérald et Brice.

Très vite, elle s'est adressées principalement à Odile, puisque c'est elle qui côtoyait le plus et connaissait le mieux Angèle.
- Personne d'autre ?

Odile a marqué une hésitation.
Angèle lui avait confié ses rendez-vous et ses longues soirées passées à chatter avec un certain Billy... Mais elle n'en n'avait pas dit davantage et cet homme était virtuel.
- Non, je ne vois pas.

- Aviez-vous des contacts réguliers, prévus à l'avance avec Madame Brissac ?
- Non, pas vraiment. Mais quand on s'était pas vues depuis une dizaine de jours, on s'appelait.
- Vous avez essayé de l'appeler ?
- Oui, je tombe directement sur sa messagerie.

Elle a demandé une photo récente, Odile en avait une dans son téléphone, on les voyait toutes les deux, debout contre une balustrade, riant, le vent dans les cheveux. C'est Brice qui les avait photographiées.

Ils ont donné tous les renseignements possibles : à leur connaissance, pas de signe particulier, pas de traitement médical, pas de maladie, de signes de dépression ou de changement de comportement récent.
- Avez-vous pu vérifier que madame Brissac, n'était pas partie en voyage et si elle avait emporté des affaires personnelles ?
- Non, je n'ai pas sa clef. Elle me la confie simplement quand elle part en vacances, pour que j'arrose ses plantes. Mais là, rien. Et son courrier continue d'arriver...
- Vous savez probablement, que des tas de personnes disparaissent de leur plein gré. Pour le moment, je ne peux considérer l'absence de votre amie comme inquiétante et aucune enquête ne sera ouverte. Je vous conseille donc d'entreprendre vous-même les recherches que vous jugez nécessaires. Peut-être pouvez-vous utiliser les réseaux sociaux...

Ils n'avaient guère d'espoir mais tout de même, la déception se lit sur leurs visages.

Après qu'ils soient sortis, Odile a proposé qu'ils restent encore un peu ensemble, elle en a besoin.

Alors ils se sont installés contre la baie vitrée d'un bar proche du commissariat, pour y boire un café .

Les deux femmes semblent particulièrement affectées. Ou laissent davantage transparaître leur tristesse.

Ils parlent peu, chacun perdu dans ses pensées, ses souvenirs d'Angèle...

Brice a posé un bras protecteur sur les épaules d'Odile.

Gérald triture le papier qui enveloppait son sucre et regarde vers l'extérieur.

L'autre

Tout se précipite. Mais je suis aux commandes et j'aime ça. Je garde un œil sur chacune et chacun.
Je comprends ce que dois ressentir le chef d'orchestre qui, de sa baguette, dirige tous les musiciens...
Je tire les ficelles, décide de la suite de l'histoire, même s'il me faut parfois modifier le scénario initialement prévu.

D'abord, j'ai pensé à éteindre le téléphone d'Angèle qui était resté dans son appartement et je l'ai caché derrière un tas de gravats dans une grange désaffectée à des kilomètres de là.
Je sais que dans les polars, les téléphones gênants sont souvent jetés à l'eau. Et bien moi, j'ai innové. Et il va couler de l'eau sous le pont avant que quiconque mette la main dessus... (Je ris de mon humour dévastateur!)

Ensuite, j'ai accepté le rendez-vous de ce Billy et lui ai concocté une petite surprise...

Pour ce qui est d'Angèle, je vais la voir à des heures différentes, je lui fais parfois un cadeau inattendu ou j'oublie volontairement quelque chose qu'elle est habituée à me voir apporter... L'autre jour par exemple, j'avais posé sur le panier de provisions et de linge, l'œuvre intégrale de Jacques Brel.. Je suis tombée sur ce livre broché dans un vide-grenier, il m'en a coûté 2€.

 Vous auriez vu son visage, on pouvait croire que je lui avais décroché la lune !

Elle s'est retenue de me sauter au cou et ses yeux se sont remplis de larmes.

Je dois avouer que j'en étais tout ému...

Lui

C'est Falco qui m'a révélé sa présence.
Je m'étais résolu à acheter une revue pour passer le temps. J'ai senti la queue de mon chien battre contre mon mollet et j'ai levé les yeux. Elle me regardait en souriant.
Elle avait un air espiègle et c'est peut-être ce qui la faisait paraître plus jeune que son âge.
Ses cheveux étaient plus clairs que ce que j'avais imaginé, presque blonds. Plus longs aussi.
Elle portait un manteau rouge cerise et des bottes noires, hautes.
Je me suis levé précipitamment.
- Martha ?
- Billy ?

Nous nous sommes fait la bise, je l'ai brièvement serrée contre moi, elle s'est abandonnée un instant.
- Bonjour Falco ! Et bien, je suis contente d'être arrivée, la route m'a parue longue surtout les derniers kilomètres!
Elle a pris place en face de moi après avoir caressé Falco entre les oreilles.
Je la dévorais des yeux. Elle n'était pas belle mais jolie, avec un visage agréable et avenant, des yeux pétillants et un sourire qui découvrait des dents du bonheur.
J'aurais pensé qu'elle avait facilement dix ans de moins que l'âge qu'elle était sensée avoir. Peut-être aussi son

léger zézaiement, en lui donnant quelque chose d'enfantin, accentuait-il cette impression de jeunesse qu'elle dégageait.
J'étais surtout frappé par toute cette énergie qui semblait émaner d'elle, après qu'elle ait conduit pendant deux heures sous la pluie !
J'en étais déjà à me demander si je pourrais la suivre, je me sentais fatigué tout à coup, vieux face à elle...

Comme elle ne voulait rien boire, je lui ai proposé que nous allions avec ma voiture au restaurant.
Son parfum s'est répandu dans l'habitacle et j'ai mis un nom dessus aussitôt : Myriam utilisait *Aromatic Elixir*...
Une vague de souvenirs m'a submergé.
J'ai abaissé un peu la vitre, prétextant le besoin d'air de Falco.
La pluie ne tombait plus. Elle n'a pas arrêté de parler, de pépier, pendant le court voyage.
Je l'écoutais . C'était charmant. Comme une mélodie.

A table, elle a picoré., préférant ouvrir sa bouche pour en laisser sortir les mots, en un flux presque ininterrompu.
Rien à voir avec la retenue, la discrétion, l'attention concentrée que j'avais perçues chez Martha.
Je ne savais plus quoi penser, j'étais complètement perdu.
Nous nous sommes séparés sur des « A bientôt !» de convenance.
J'étais épuisé, étourdi, groggy.
Je me suis rendu compte que nous n'avions même pas échangé nos « vrais » prénoms.

Elle

 Deux choses ont sauvé l'adolescente qu'elle était : les animaux de tout poil et les mots.

Des mots, elle se gavait. Elle se roulait dans le langage, nageait dans la parole, s'enveloppait de phrases, se réchauffait de poésie, dormait parmi les livres.
Le mot était tout à la fois son ami, sa joie, sa thérapie, son étendard, sa révolte, son baume, sa bouée de sauvetage, son oxygène et sa jubilation !
Elle apprenait des textes par cœur ou plutôt son cœur les accueillait et les gravait à force de répétition.

Lui monte aux lèvres le début de *Soleil de Mars* de Prévert, un de ses auteurs préférés :

« Oranges des orangers
Citrons des citronniers
Olives des oliviers
Ronces des ronceraies
Mystères fastueux et journaliers :
La Vie est belle
Je me tue à vous le dire
Dit la fleur
Et elle meurt.
Sans répondre à la fleur
l'homme traverse le jardin

l'homme traverse la forêt
sans jamais adresser la parole à son chien
Survie verte
La grenade éclate pour la soif
la figue tombe
pour la faim
la fleur de l'artichaut
dans le ciel du matin
jette sa clameur mauve et dédaignée
Seulement pour la couleur
seulement pour la beauté
Secrets intacts
splendeur publique de l'histoire naturelle... »

 Alors, quand elle a aperçu le livre qui reposait en évidence sur le dessus du panier qu'il apportait à chaque visite, son cœur a fait un bond. Elle n'a pu s'empêcher de se lever précipitamment et de le saisir. C'était comme si on mettait à portée de main d'un assoiffé, une bouteille pleine d'eau.
Elle avait vu juste, la photo de couverture était bien celle de Brel. Un autre Jacques dont elle avait été amoureuse à 15 ans...

Elle a serré le recueil contre elle et a regardé l'homme masqué avec, dans les yeux, une infinie reconnaissance.

Eux

 Odile est perplexe.
Il est 1heure 45, elle a passé la soirée chez des amis avec Brice.
Elle a préféré rentrer chez elle parce qu'elle doit se lever tôt demain, elle a rendez-vous chez sa gynéco à 8h30.
Brice l'a donc déposée devant son immeuble. Ils ont échangé un long baiser qui lui a presque donné des remords quant à sa décision d'être raisonnable. Puis elle est sortie de la Ford, a fait un dernier signe alors qu'elle s'éloignait.

C'est là que, comme d'habitude, elle lève les yeux vers la fenêtre d'Angèle. Son volet roulant est toujours abaissé mais... il laisse filtrer un peu de lumière !
Le cœur d'Odile s'emballe. Elle se précipite vers la porte d'entrée, l'ouvre fébrilement, appelle l'ascenseur qui est, évidemment, au dernier étage et qui prend tout son temps pour descendre en poussant des soupirs indignés. Elle trépigne, appuie à nouveau sur le bouton d'appel comme si ça pouvait accélérer le mouvement de la vieille cabine poussive.

 La voilà enfin sur le palier d'Angèle. Elle se déplace à pas de loup et préfère ne pas allumer. Un peu de lumière filtre bien sous la porte de son amie. Elle colle son oreille au battant et ne perçoit rien d'abord si ce n'est la chamade de son cœur.

Mais il lui semble tout à coup entendre comme un glissement furtif, un chuintement...
Elle frappe, des petits coups timides. Le rai de lumière disparaît aussitôt.
Elle toque encore et chuchote :
- Angèle, tu es là ? C'est moi, Odile.
Pas de réponse.

Elle attend. Puis finit par rentrer chez elle.

Une heure plus tard, comme elle ne parvient pas à s'endormir, elle sort tout doucement de son appartement et se dirige à pas feutrés vers celui d'Angèle.
C'est alors qu'elle distingue nettement des sons étouffés dans l'escalier. Elle se penche sur la rampe.
En bas, la porte d'entrée s'ouvre. Elle se précipite chez elle et sans allumer se met à la fenêtre.
Il lui semble apercevoir une silhouette furtive ou plutôt une ombre qui s'éloigne dans la rue sombre.

Elle regagne son lit . Le sommeil tarde à venir.

Le lendemain, elle n'est plus sûre de rien et se demande si son imagination ne lui a pas joué des tours...

L'autre

Je me suis à nouveau beaucoup amusé !
Aux dépends de Billy the Kid !
Pauvre Billy ! Son pseudo déjà, augurait de bien des déboires !

Arielle a été formidable.
Quand je lui avait demandé comme un service, une petite impro pour faire une farce à un copain, elle a tout de suite dit oui.
Elle adore rigoler Arielle. Et par chance, elle avait un manteau rouge !

Je l'ai emmenée en voiture à Mâcon. Le temps du voyage, je lui ai donné quelques éléments à faire figurer dans son texte, et je le lui ai fait répéter, peaufiner.

Je suis entré avant elle au buffet de la gare. J'ai observé Billy qui attendait et dont le malaise augmentait visiblement, au fil des minutes.

Quand j'ai vu sa tête à l'entrée en scène d'Arielle, j'ai me suis retenu de m'esclaffer et d' applaudir.
Il faut dire qu'elle a brillamment relevé le challenge. Elle y a mis tout son cœur l'artiste !

J'ai beaucoup moins ri vendredi soir.

La copine d'Angèle a tendance à fourrer son nez partout. Elle a failli me surprendre.

Je dois redoubler de prudence.
Peut-être éviter quelque temps de me rendre dans l'appartement... même si ça doit me manquer.

Lui

Le temps passé chez mes parents n'a pas été une partie de plaisir, ma mère me harcelant, mon père se retirant, comme d'habitude, dans sa tour d'ivoire, et moi complètement déphasé entre eux deux...

J'aurais tellement eu besoin de me retrouver seul avec moi-même ...
Rester zen, donner le change et jouer le jeu requis a été au-dessus de mes forces.

Je suis habituellement quelqu'un de calme, qui gère ses émotions et sait se mettre à distance pour se protéger quand ça devient nécessaire.

J'ai beaucoup appris à le faire grâce à mes parents...
Ils étaient, comme la plupart des adultes et sans forcément s'en rendre compte, maîtres en l'art de formater, de faire rentrer dans le moule, le petit garçon un peu différent de la norme, que j'étais. D'élaguer tout ce qui pouvait « dépasser » de la boîte, « petites boîtes, toutes pareilles » !
Sous le prétexte d'éduquer l'enfant, on te le dresse comme un animal savant. Sous celui de l'« élever », terrible paradoxe, on te le piétine, on te l'étouffe, on te le brise.

« Aux fontaines les vieux
Bardés de références
Rebroussent leur enfance
A petits pas pluvieux »
C'est Brel qui le dit...

Et j'ai bien compris, beaucoup plus tard, devenu moi-même adulte, que face à la spontanéité de l'enfant, face à la vie jaillissante en lui, la « grande » personne, sérieuse et responsable, ne peut que prendre peur.
Parce qu'elle est confrontée au désastre de ce quelle est devenue, au vide sidéral de l'existence quelle s'est forgée, à tout ce qu'elle a perdu...
Elle n'a alors d'autre alternative que d'écraser, de nier, de souiller, cette fraîcheur rebelle, cette pureté dérangeante.
Excusez-moi, je m'emballe un peu...

Toujours est-il, que dans l'état où j'étais, il valait mieux pour mon entourage, qu'il me laisse tranquille.
N'importe qui l'aurait senti, pas maman !
A moins qu'elle n'ait besoin, comme les enfants de 2 ou 3 ans de tester jusqu'où ils peuvent aller, de chercher la limite à ne pas dépasser...
Elle l'a trouvée très vite.
- Et cette « copine » alors ? J'ai dit à ton père que tu allais nous la présenter la prochaine fois.
- Maman, tu me fous la paix ou je m'en vais.

J'ai dit ça calmement, en la regardant droit dans les yeux. J'ai vu que les siens se mouillaient et j'ai failli lui demander pardon. Heureusement, je n'ai pas cédé au chantage.

Elle a avalé sa salive, lissé la nappe qui n'avait pourtant pas de faux pli.

- Je vais chercher le dessert. J'ai fait une tarte au citron, la recette que tu aimes.

Elle a dit ça avec un air de martyre.

La tarte était probablement aussi bonne qu'habituellement mais j'ai dû faire un gros effort pour avaler l'énorme part qu'elle a mis d'office dans mon assiette.

Bref, Falco et moi avons poussé un grand soupir de soulagement quand nous nous sommes retrouvés tous les deux dans la voiture.

La fragrance de Martha y traînait encore, j'ai provoqué un bon courant d'air pour en évacuer les derniers relents.

Je me suis garé un instant pour chercher le CD que j'avais envie d'écouter en roulant.

J'ai chanté à tue-tête avec le Grand Jacques et je me suis ainsi lavé de ma colère et libéré du poids de toute ma tristesse.

Avec lui j'ai rejeté à nouveau, *« L'ombre des habitudes qu'on a planté en nous quand nous avions vingt ans. »*

Et ensemble nous nous sommes, une fois de plus, rebellés contre la fatalité.

« Serait-il impossible de vivre debout ? »

Je ne voulais toujours pas m'y résigner !

Eux

Odile et Brice sont assis dans le canapé. Elle est lovée contre lui. La télé est allumée.
Mais écouter pour la énième fois les journalistes débattre en tentant de prouver qu'ils détiennent la vérité, comme si leur vie en dépendait, ne les intéresse pas.
D'autant qu'il s'agit de savoir si Macron a eu raison de dire ce qu'il a dit et d'employer les mots qu'il a choisis... L'un cherche à démontrer qu'il est juste de penser que le président a eu tort. Le second est persuadé que c'est faux et déploie toute son énergie à illustrer son point de vue opposé, tandis que le troisième tâche d'établir que sa vérité est plus vraie que celle de ses confrères.

Le couple mène donc sa propre conversation. Odile a confié à son homme ce qu'elle pense avoir vu et entendu l'autre nuit.
Brice ne se moque pas comme elle le craignait mais prend au contraire très au sérieux ses allégations. Elle lui en est infiniment reconnaissante.

Ils en viennent à décider de placer un système de surveillance sur le palier d'Angèle.
Brice a un ami qui travaille dans le domaine de la vidéo-surveillance. Il l'appelle et lui explique ce dont il a besoin sans lui donner trop de détails.

Le lendemain, il installe une caméra sans fil qui se déclenchera de minuit à 5 heures grâce à un détecteur de mouvement. Elle enregistrera donc tout déplacement au niveau de la porte de l'appartement d'Angèle dans ce laps de temps. Et, depuis son téléphone, Odile pourra vérifier si quelque chose d'anormal s'est produit.
En cas de problème, Brice lui a fait promettre qu'elle l'appellera plutôt que d'intervenir elle-même.

Décidément, vivre avec un homme qui prenne soin de vous, vous écoute, vous croie et vous soutienne, ça peut avoir du bon, se dit Odile en s'endormant ce soir-là.

Elle

Elle a passé des heures à se repaître des textes de Brel. En les buvant, toujours elle frémissait, comme lorsqu'elle avait 15 ans !
Il chuchotait à son oreille des morceaux de passé.
Lui revenaient alors, des bribes de l'enfance...
« Un enfant,
Ça vous décroche un rêve
Ça le porte à ses lèvres
Et ça part en chantant
Un enfant,
Avec un peu de chance
Ça entend le silence
Et ça pleure des diamants »

Puis, surgissaient, appelés par les mots toujours, des pans entiers d'adolescence.
Elle se souvenait comment, à cette époque, alors qu'elle était d'une timidité qu'elle jugeait maladive et dont son père aimait à se moquer jusqu'à la faire pleurer, le grand Jacques, son frère si semblable, l'avait déjà bercée, l'aidant à vivre et lui rendant son âme.
"Il paraît insensé de ne pas être timide envers quoi que ce soit de vivant. Il s'agit de vivre sur la pointe des pieds. Nous dérangeons à chaque mouvement. Il faut une infinie pudeur pour se faire pardonner le mouvement que l'on commet."

Pour certains textes du livre, elle les disait, pour d'autres, elle les entendait dans sa tête. Et cette voix tant écoutée par le passé, chantait une fois de plus, pour elle seule.

Voilà qu'elle s'en trouvait galvanisée, prête à tout. On aurait dit qu'il lui parlait spécialement. Qu'il l'encourageait précisément dans son projet d'évasion et qu'il renforçait, si besoin était, sa détermination.
« *Il faut se tromper, il faut être imprudent, il faut être fou ! L'homme n'est pas fait pour rester figé. Il faut arriver par discipline à n'avoir que des tentations relativement nobles. Et à ce moment-là, il est urgent d'y succomber. Même si c'est dangereux, même si c'est impossible... surtout si c'est impossible !* »
"*La qualité d'un homme se calcule à sa démesure ; tentez, essayez, échouez même, ce sera votre réussite.*"

Elle a refermé le recueil. Elle s'endort à demi puis profondément.
Elle rêve. Ou plutôt, arpente les terres arides de cauchemars glauques.

Le froid la réveille brusquement. Il fait nuit. Elle a comme un goût amer à la bouche.
Et une peur au ventre. Une frayeur qui fait écho à quelque chose d'ancien, d'atavique. Une terreur de femme. De petite fille.
Car aujourd'hui encore, malgré tout, le propre du corps féminin, est d'être en danger. Orwel disait que, par définition, toute femme a quelque chose à vendre, elle a avant tout quelque chose à défendre. Son corps reste un

objet dont le mâle se sert, qui lui semble dédié. Peu importent les désirs de sa propriétaire. Machisme habituel des plaisanteries, propos méprisants sur tout ce qui touche au physique de la femme, déni de son droit à une sexualité heureuse et libre, refus de son accès au plaisir, peur et haine mêlées face à sa jouissance.
Petites filles, filles, femmes, prises, forcées, violées. Ou simplement baisées sans amour, utilisées.
C'est là le contexte dans lequel on naît en tant que personne de sexe féminin, c'est ce qui engendre cette anxiété latente avec laquelle on vit, parfois sans en avoir conscience...

 Elle se souvient qu'Odile et elles échangeaient souvent à propos de leur expérience des hommes, de l'amour, du sexe.
Son amie lui avait confié que des années de thérapie avaient été nécessaires, pour qu'à 40 ans passés, elle accepte lors d'une séance, de laisser resurgir le souvenir d'un gentil « tonton » qui l'avait obligée, alors qu'elle avait à peine une dizaine d'années, à prendre son sexe dans sa bouche.
- Mais comment est-ce possible de faire ça ? avait demandé Odile effondrée au psychologue.
- «Ça», ça s'appelle un viol oral. Et malheureusement, votre histoire n'a rien d'exceptionnel, Odile ! Environ 70% des femmes ont été abusées d'une façon ou d'une autre, lui avait-il dit.
 Angèle n'a jamais été la proie d'un pervers et elle considère les hommes qu'elle a côtoyé comme des personnes plutôt bienveillantes. Et pourtant !

Elle a accepté de rire à des blagues dévalorisant les femmes, afin de ne pas passer pour la coincée de service... Elle a toléré des mains qu'on qualifiera de baladeuses (ce qui reste un mot probablement trop gentil), a fait mine d'être flattée par des regards ou des propos soi-disant «appréciateurs», pour ne pas être cataloguée dans les moralisatrices assommantes et rabat joie. Elle a cherché à plaire, à être ce qu'elle pensait que l'homme attendait d'elle : ni une sainte, ni une putain... ou les deux à la fois, à la demande !
Elle a écarté les jambes quand il le fallait, pour faire plaisir à son partenaire. Elle n'a jamais pensé qu'elle avait le droit de dire ce qu'elle aimait ou pas.

Et elle a cette peur irraisonnée au ventre qui resurgit parfois alors même qu'elle se croyait enfin libre...
Elle sait mieux aujourd'hui qui elle est vraiment, elle connaît ses forces, a apprivoisé ses fragilités. Cette peur en est une. Enkystée en elle, qui surgit parfois sans prévenir comme une bête furtive et sauvage.
Elle ne cherche plus à l'enfermer ou à la mettre à mort. Elle la regarde, l'observe. Et la laisse repartir comme elle est venue.

Angèle se lève, fouille le drap au pied du lit, extirpe les petits rouleaux de papier emballés de film étirable, les lisse du plat de la main et relit son programme d'entraînement.
Elle est fière d'elle, elle l'a suivi scrupuleusement et elle a déjà coché 22 cases. Elle trace une croix dans la 23e. Dans sept jours, elle sera prête ! Elle se met à courir à petite foulée autour de la pièce en chantant tout bas.

L'autre

Je ne suis pas allé dans l'appartement d'Angèle pendant une semaine.
Et puis hier soir, une envie irrépressible m'a poussé à m'y rendre.
J'ai décidé de dormir un peu et mis l'alarme de mon téléphone à sonner à 1h30. J'étais réveillé quelques minutes avant. Je me suis préparé, ça me donnait la même joie que quand j'étais gamin et que mon père me réveillait au milieu de la nuit parce que nous partions en vacances à la mer et que nous allions rouler avant qu'il ne fasse trop chaud.

Dans son immeuble, j'ai monté les escaliers dans le noir, comme d'habitude. Je rabats ma cagoule afin de mieux voir et j'enlève mes chaussures pour être le plus silencieux possible. J'ai toujours le cœur qui bat très vite dans ces instants où je me glisse dans la peau d'un malfaiteur. Ce n'est pas la peur qui accélère mon rythme cardiaque, mais l'excitation. Et même une sorte de jouissance.
La nuit, je deviens ce gangster que je suis au fond et qui est obligé d'avancer camouflé à la lumière du jour. Et je me sens enfin libre...
C'est drôle, je me rends compte soudain que le masque véritable est celui qui colle à ma peau quand je suis le gentil garçon insignifiant de la vie quotidienne.

J'ai d'ailleurs de plus en plus de mal à jouer mon rôle diurne. Je sens que ce costume de respectabilité mièvre m'enserre et m'étouffe au-delà du supportable. Le vrai moi qui grandit voudrait déchirer cette peau trop étroite. Je sens physiquement la transformation. Mon épiderme craquelle. Et les démangeaisons ne sont pas dues uniquement aux tatouages qui s'y propagent et l'envahissent toujours davantage. C'est la bête en moi qui gratte et qui voudrait sortir.

 Donc j'ai grimpé les étages. En arrivant sur le palier, j'ai eu une sensation désagréable : comme si j'étais épié. Instinctivement, j'ai regardé vers la porte d'Odile.
Et puis j'ai allumé la petite lampe frontale dont je me suis équipé, le temps d'introduire la clef dans la serrure.

 Je suis entré, ai refermé, me suis adossé à la porte et j'ai laissé le bonheur déferler. Ça sentait les plantes, ça sentait Angèle, j'étais chez moi !

Lui

Martha ne m'a pas fait signe depuis notre rencontre. Dois-je en déduire que je ne lui ai pas plu ?

J'ai moi-même laissé passer trois jours, le temps de «digérer» les événements et de faire le point.
Je ne savais pas quoi penser. Au début, j'étais surtout déçu. Parce que l'image que je m'étais forgée au fil des derniers mois de connexion-connivence, ne correspondait pas à la femme de chair et d'os qui s'était présentée à Mâcon.
Cet idéal que j'avais soigneusement transporté dans mon sac de voyage, entre mon pyjama et ma trousse de toilette, que j'avais vainement tenté de superposer à la vraie Martha, regimbait à s'ajuster à elle. Ça dépassait d'un côté, de l'autre il en manquait un bout. J'avais beau essayer de coller ce personnage patiemment créé à la personne factuelle, ils refusaient de s'emboîter, de se superposer l'un l'autre.
Mon rêve et la réalité ne parvenaient pas à trouver un rythme commun, un pas de danse accordé.
Martha semblait devoir rester ce qu'elle avait toujours été : un fantasme, une belle illusion.

J'en venait même à me demander si cette rencontre s'était réellement produite, si je n'avais pas tout inventé. Peut-être Martha n'était-elle jamais venue à Mâcon. A force d'attente et de fatigue j'aurais été victime d'une hallucination...

La note du restaurant comporte deux menus et m'empêche de glisser sur cette pente facile, vers un dénouement qui m'aurait finalement mieux convenu.
Sans ce petit morceau de papier froissé, j'aurais pu réécrire une histoire moins décevante, moins amère : *Il était une fois, Martha et Billy qui se comprenaient et s'aimaient de loin. Billy a souhaité rencontrer sa belle. Il est allé au rendez-vous, accompagné du fidèle Falco. Mais « sa » Martha n'est pas venue, pour une raison qu'il ignore.*
La seule chose dont il est sûr, c'est qu'elle souhaitait le rencontrer de tout son être et qu'elle a donc été contrainte, empêchée...

Alors ce soir, je décide de m'adresser, une toute dernière fois à ma superbe chimère.
J'envoie, comme une bouteille à la mer, un ultime message d'amour et de tendresse à ma belle étrangère, ma bien-aimée, ma sœur.
D'abord, je laisse couler les mots pressés, de feu, de vie, éclaboussés de sang et tout gonflés de sève.
Puis je lui cause longuement et plus calmement. Comme on parle à un ami véritable, à un autre soi-même.
Enfin je susurre à son oreille coquillage. Mon murmure est de ceux qu'on adresse à l'enfant pour le réconforter, lui donner la force, avant de le laisser.
Quand je souhaite enfin conclure et crois la laisser partir pour de bon, je ne peux m'y résigner et l'enserre à nouveau de mes phrases fiévreuses.
Je ne me résous pas à un adieu.

Eux

Odile est passée chez Germaine pour lui donner les dernières nouvelles.
Elle voulait l'informer de la mise en place de la caméra (qui n'a pour le moment donné à voir que le gros chat beige et blanc du concierge . L'animal était venu trois nuits de suite, s'était longuement frotté contre la porte d'Angèle, dos rond et queue dressée, miaulant désespérément. Elle manquait même aux animaux notre belle Angèle !)
 Et puis ça lui aurait fait du bien de parler une fois de plus, de leur voisine et amie commune... Afin qu'elle soit en quelque sorte, maintenue en vie, par leur évocation.

Germaine a mis du temps à ouvrir la porte. Odile a tout de suite remarqué ses yeux rougis mais n'a rien osé dire.
Elles se sont assises dans le canapé, côte à côte, à leurs places habituelles. Et la vieille dame en voulant parler, n'a pu retenir un sanglot qu'elle a tenté de réprimer aussitôt.
Elle a pourtant abandonné sa main quand Odile l'a saisie et a enfin donné libre cours à ses pleurs.
- C'est ma fille aînée, Micheline...
 Odile a attendu.
- Sa sœur m'a appelée, elle a fait une bêtise. Elle a voulu mourir.

Et elle s'est mise à raconter. Tout y est passé, comme si sa logorrhée pouvait expulser sa détresse : son mariage forcé, le premier bébé difficile à aimer, ce prénom choisi par le père de la petite fille et qu'elles détestaient toutes deux..
- Micheline avait, a horreur de s'appeler ainsi. J'ai eu beau lui expliquer que je n'avais pas été consultée à ce sujet, elle me reprochait de l'avoir abandonnée dès le début, ne pas l'avoir défendue, comme s'il s'agissait là de maltraitance et que j'avais laissé faire... Elle m'a condamnée sans appel, je suis définitivement une mauvaise mère pour avoir tenté de lui pourrir la vie de toutes les façons possibles... « Vous auriez pu m'appeler Locomotive, j'aurais préféré » m'a t-elle dit à 12 ans, et elle me regardait avec ses yeux noirs pleins de haine...

Elle continue à voix basse, comme une litanie entrecoupée de sanglots.
Puis enchaîne sur ce mari infidèle et resté un étranger.
- Il est mort dans une chambre d'hôtel. C'est la jeune femme qui partageait son lit qui a alerté la direction. On en a parlé dans le journal, mes filles et moi on a eu honte... Je me suis retrouvée seule avec elles, confrontée à la hargne de Micheline adolescente. Je n'ai jamais réussi à lui apprendre le bonheur... C'était comme si elle attirait la malchance et la tristesse alors que tout semblait sourire à sa sœur Adèle...

La naissance de la cadette, déjà avait été plus simple, moins douloureuse. Et la vie a continué à faire preuve de davantage de clémence à son égard qu'envers l'aînée.

- Je vois, ça n'a du être facile pour personne.
- Elle était rongée de jalousie. Elle ne voyait pas ses atouts, pourtant ils sont nombreux, c'est une fille brillante... Je sais que c'est beaucoup ma faute, parce que je n'ai pas réussi à l'aimer autant que j'aurais voulu. Je ne lui ai pas donné la base sur laquelle s'appuyer et qui permet de construire la confiance en soi et en la vie.
- Ça n'est pas aussi simple que ça Germaine. Vous êtes quelqu'un de bon, je le sais. Vous avez certainement donné le meilleur que vous pouviez à l'époque.
- Mon Dieu, faites qu'elle s'en sorte ! Que j'aie l'occasion de lui dire que je l'aime. Parce que je l'aime...

Odile prend Germaine dans ses bras et la berce longuement, comme elle apaiserait un enfant.
Le téléphone sonne.
- Oui, c'est moi, oui. Ah, merci mon Dieu, merci ! Je vais venir, oui je viens. Non, je vais prendre un taxi, je serai là dans une heure. Oui. Embrasse la pour moi. Dis-lui que je viens.

Germaine raccroche et se tourne vers Odile. Ses joues ont retrouvé un peu de couleur.
- Ça va aller, elle va s'en sortir. Elle veut me voir. Merci Odile, merci !

Eux

  Brice attend en frappant le volant au rythme de la musique. Sa voiture est immobilisée dans une longue file pour cause de neige sur la chaussée. Un pâle soleil tente de percer les nuages.
Il regarde les passants sur le trottoir. Tout à coup, il aperçoit quelqu'un qui ne lui est pas inconnu.
Ça lui revient, c'est ce garçon qu'il a croisé chez Odile et qui les a accompagnés au commissariat. Comment s'appelle t-il déjà ? Ah oui Gérard !
L'homme marche d'un pas décidé, l'air satisfait. Il porte un gros sac de courses. Il est vêtu avec une certaine recherche, manteau de laine noire, gants de cuir, une écharpe rouge. Soudain, il ralentit et s'arrête face à une vitrine dans laquelle il semble se mirer un instant. Il a posé le sac, incliné la tête, bombé le torse et il scrute son reflet. Puis il repart, un sourire aux lèvres.
-   Ma première impression était la bonne, se dit Brice, ce gars est prétentieux. Sa tête de faux-cul ne me revient pas... peut-être parce que je l'ai vue chez Odile la première fois. Oui, tu es tout simplement jaloux mon pauvre Brice.

Mais voilà Gérard qui dérape sur une plaque de verglas et son air de contentement qui s'efface, tandis que Brice éclate de rire en redémarrant. Il se souvient tout à coup du prénom exact de l'homme à l'écharpe rouge.
 Gérald a déjà disparu au coin de la rue.

Elle

Tout est prêt.
Elle l'entend arriver, elle prend la position. Couchée au sol, sur le flanc, entre le lit et la porte, elle fait semblant d'être évanouie.
 Elle a mélangé du fromage blanc, de la soupe et de l'eau et a répandu ce pseudo-vomi à différents endroits dans la pièce. Elle a touillé ses excréments avec le même fromage frais et en a fait tomber des petits monticules irréguliers, en ligne des toilettes à l'endroit où elle gît.
Elle a tiré la couverture qui repose en tas à côté d'elle et qui cache la main tenant le flacon de détergent. Son index est positionné sur la gâchette.
Il arrive, ouvre la porte, découvre le corps et les dégâts en même temps qu'il est saisi par la puanteur.
Il est perplexe. Il s'approche lentement. Ses pas sont hésitants. Il s'arrête. Elle l'entend respirer. Il la pousse légèrement du bout du pied.
Son corps doit être à la fois totalement détendu, pour donner l'impression de la perte de connaissance, et totalement mobilisé pour passer à l'action en une fraction de seconde. Elle s'est entraînée pendant des heures et pense être parvenue à un résultat satisfaisant.

Il se penche. Il est encore trop tôt pour bouger.
Il s'accroupit enfin, tente de lui relever la tête, voudrait écouter si elle respire, est gêné par son masque, le repousse en arrière.

C'est ce qu'elle espérait ! Alors qu'il s'incline à nouveau, elle sort sa main armée et appuie de toutes ses forces pour propulser le liquide corrosif en direction des yeux. Il hurle de douleur, porte ses mains à son visage juste un instant mais quand il tente de la saisir, elle est déjà à la porte. Elle la franchit et la repousse violemment.
Elle commence à gravir l'escalier quatre à quatre, elle arrive en haut quand il atteint les premières marches.
Elle se dirige vers la gauche, la porte d'entrée est fermée à clef, elle entre dans une pièce sombre, s'approche des trous lumineux en forme de cœur qui lui désignent la fenêtre, l'ouvre, pousse les volets qui grincent, est éblouie par le soleil sur la neige, va pour sauter dans le jardin tout blanc.
Mais il l'a rejointe, il halète, il a le regard fou.
Il tente de la saisir, n'attrape que le bas de sa tunique jaune alors qu'elle s'élance vers le tapis neigeux. Le tissu de lin est résistant à la déchirure mais la tunique trop large passe aisément par dessus sa tête et la voilà courant nue vers la route qui passe devant la maison.
Par chance, le portail est ouvert.

Oui, la chance sera avec elle, elle en est certaine.
Elle a imaginé et vécu tous les déroulements possibles du scénario dans sa tête. Le début du film est écrit et elle connaît son texte par cœur. Après, elle devra improviser....Et pour cela, elle se fait confiance. A elle et à sa capacité naturelle à se montrer inventive, renforcée par la pratique de ses nombreuses années de théâtre !
Tout est donc prêt.
 Demain, elle agira.

L'autre

Quel connard ce Billy ! On dirait qu'il n'a pas compris la leçon.
Il a écrit un message de trois pages à « Martha » !
Il ne connaît même pas son prénom et il prétend savoir qui elle est, comprendre son «être profond», être en lien avec son âme...
Trois pages d'une prose ridicule qui se veut sans doute poétique, spirituelle et tutti quanti .
Je hais ce genre d'intello gonflé de suffisance, méprisant les gens comme vous et moi, normaux quoi !
Il a réussi à me gâcher cette soirée que j'attendais avec impatience.

Quand je suis sorti de chez Angèle, vers 4 heures, j'étais en rogne et je me suis rendu compte sur le palier, que je n'avais pas remis ma cagoule. Et cette saleté de chat qui est venu se coller dans mes jambes a failli me faire tomber ! J'ai horreur des chats et si je n'avais pas eu peur de le faire miauler je lui aurait décoché un coup de pied dont il se serait souvenu.
Bref, je suis rentré au petit matin avec des envies de meurtre.

J'ai appelé mon cousin Paul pour lui demander si je pouvais l'accompagner à la chasse le lendemain dimanche. Il a neigé et il est interdit de chasser mais ce vieux Paul et moi, on adore braver les interdits.

Pour ma part, je n'ai même pas de permis de chasse ! Mais j'ai une carabine. Une Benelli Argo, aussi belle que son nom.

Je l'ai sortie de l'armoire, bichonnée, huilée.

Et j'ai anticipé la jouissance du moment où, ayant une bête en ligne de mire, j'aurais ce pouvoir de lui donner la mort...

Eux

Odile n'en croit pas ses yeux ! Elle est surexcitée et angoissée à la fois. Elle regarde les enregistrements pour la énième fois. Il y en a trois. La caméra s'étant déclenchée la nuit, ils sont en noir et blanc et l'image n'est pas très nette. C'est le dernier qui est le plus intéressant, celui qui s'est fait à 3h57.

Sur le premier, on voit une silhouette cagoulée qui sort de la cage d'escalier, traverse furtivement le palier, se dirige sans hésitation vers la porte de l'appartement d'Angèle, l'ouvre avec une clef, entre et referme.

Le deuxième montre Chamallow, le gros chat croisé Birman du concierge se frottant contre le montant de la porte.

Sur le troisième, un homme sort de chez Angèle. Il est déséquilibré par le chat qui s'est précipité dans ses jambes. Il semble furieux et chasse Chamallow. Il jette un coup d'œil en direction de la porte d'Odile, semble se rendre compte qu'il a oublié de remettre sa cagoule, l'ajuste prestement.

Le visage juste entrevu, est difficile à discerner.

Peut-être Brice saura t-il faire en sorte d'améliorer la qualité de l'image. Malheureusement, il est absent pour une semaine.

Odile décide d'appeler Gérald qui sera certainement de bon conseil.

Lui

 Noël approche.
A l'école maternelle, tout se transforme en sapins, bougies, guirlandes et flocons. On colorie des Père-Noël, dénombre des boules, dessine des étoiles, écrit le mot NEIGE... On chante avec Greame Allwright et on se laisse emmener « sur un traîneau, porté par le vent »...

 Enfant, je n'ai jamais cru au Père-Noël.
Mon père m'a expliqué, quand j'ai été en âge de comprendre, qu'il avait fait ce choix de ne pas me mentir. Lui même s'était senti trahi en découvrant brutalement à 7 ans que ses propres parents avaient pu lui faire croire n'importe quoi pendant des années.
Entretenir ce mythe auprès de mes élèves me met donc légèrement mal à l'aise...

 Mais ce soir, je vais avoir la chance de sortir un peu du thème obligé et étouffant puisque je vais assister à une séance de médiation animale.
Il s'agit d'un projet mené par ma collègue Albertine et qui consiste à proposer à quelques élèves «difficiles», des activités avec des animaux. Ces derniers sont amenés à l'école par Julien, formé en médiation animale, et propriétaires des animaux médiateurs.

J'ai beaucoup entendu ma collègue parler des deux premières séances qui ont été largement positives et même surprenantes et j'ai donc très envie d'assister à ce 3e rendez-vous des enfants concernés et des bêtes.

Julien a installé des tables protégées par des toiles cirées, avec des chaises confortables à proximité. Des caisses de transport de différentes tailles sont posées au fond de la salle.

Quand j'entre dans la pièce, il est en train de parler aux quatre enfants présents, parmi lesquels se trouve Lolita, la fillette qui s'était fait un plaisir de perturber l'atelier philo que j'animais, il y a trois semaines.

Je suis épatée par son air concentré. Elle boit les paroles de Julien lequel explique que les animaux vont bien depuis la dernière séance, que Ralph, le Berger Suisse, a eu une otite mais est tout à fait guéri et que Panpan le lapin bélier a dû également être emmené chez le vétérinaire pour y faire limer ses dents.

Puis il demande à Jason, un petit garçon de 6 ans qui n'a pas cessé de se tortiller sur sa chaise et de ronger ses doigts d'aller chercher «son» animal.

- Qui est ton animal ? demande d'abord l'animateur
- C'est Avril, chuchote l'enfant.
- Oui, et c'est quel animal, Avril ?
- C'est un cochon, s'esclaffe Lolita. Elle se calme pourtant dès que Julien la regarde.
- C'est un cochon d'Inde, dit Jason
- Oui et dans quelle caisse est-il, à ton avis ?
- Dans la petite.
- Tu as raison, va chercher Avril. Est-ce que tu sais ce qui est écrit sur la boîte ?

- AVRIL !
- Bravo, tu peux ouvrir et le prendre, tu le poses sur la serviette pour le transporter.

Dix minutes plus tard, chaque enfant a retrouvé son animal.

Malonn la terreur de la récré, caresse la huppe du coq hollandais Isis, posé sur la table face à lui. Il lui parle tout bas et le gallinacée qui ne bronche pas, semble écouter.

Lolita accroupie à ses côtés, a passé un bras autour du cou de Ralph qu'elle brosse méticuleusement et avec une grande douceur.

Théo, le bagarreur, est assis avec Panpan sur ses genoux et lui fait des câlins pendant que Jason présente une branche de céleri à Avril.

J'échange un regard avec Albertine et je retrouve dans ses yeux une émotion semblable à celle qui me submerge.

Eux

Elle est allongée, toute pâle dans les draps blancs. Elle semble tellement différente, vulnérable. Comme si elle avait enfin déposé les armes.

Germaine s'est assise sur la chaise qu'elle a rapprochée le plus possible. D'abord, elle s'est contenté de poser sa main sur celle de sa fille. Et quand Micheline a serré ses doigts, elle s'est penchée sur elle et l'a prise dans ses bras.
La jeune femme a répondu à l'étreinte de sa mère. Elles sont restées ainsi de longues minutes.
- Maman ! a soudain chuchoté Micheline

Et ce mot a coulé comme du miel dans l'oreille de celle à qui il s'adressait.
Germaine a senti physiquement la chape de plomb qui l'écrasait depuis tant d'années se liquéfier, de dissoudre, la libérant d'un coup.
Elle a poussé un énorme soupir et des larmes de pure joie ont coulé sur ses joues.

L'autre

Cet appel a failli me déstabiliser.
Me voilà confronté à un nouveau challenge et je vais devoir la jouer tout en finesse.
Je n'avais pas prévu ce contretemps mais il n'est finalement pas pour me déplaire.
Donc, pas de partie de chasse aujourd'hui. Quoique...
Il va me falloir traquer, tromper, un autre genre de proie.
C'est plus dangereux mais ça m'excite tout autant !

Je me suis mis torse nu et j'ai regardé mon magnifique Orochi. Je lui ai donné le nom de ce dragon japonnais dont la légende dit qu'il exigeait chaque année, de se repaître d'une jeune fille.
Ma fille n'est plus toute jeune, mais c'est celle-là qu'Orochi et moi avons choisi et c'est elle qui deviendra ma princesse... Quand elle dira enfin oui, je prendrai la place qui est la mienne, celle du roi !

Encore faut-il que je surmonte les obstacles qui se dressent sur notre route. Mais je sais que le chemin d'un héros est toujours pavé d'embûches.
« Tout ce qui ne t'abats pas te renforce » a dit, à peu près, je ne sais plus quel philosophe !

Elle

Elle avait calculé le temps nécessaire pour installer son « décor » dès qu'elle l'entendrait arriver.
Soit, il allait garer son véhicule devant la maison et elle aurait alors presque 5 minutes pour tout mettre en place, soit elle n'entendrait pas la voiture, (Il lui était déjà arrivé de ne se rendre compte de la présence de son cerbère qu'au moment où il ouvrait la porte au-dessus de l'escalier qui, par chance, grinçait. Sans doute laissait-il, dans ces cas là, l'auto à distance parce qu'il cherchait à la surprendre) et elle ne disposerait alors que d'environ 90 secondes.
Elle avait fait des essais et réussirait à s'adapter.Tout était donc prêt.

Il n'est pas venu.
Elle n'avait pas prévu ce cas de figure. Certes il était arrivé que « l'autre » (c'est ainsi qu'elle le surnomme désormais, ce pseudonyme s'est imposé comme une évidence au fil du temps), ne lui rende pas visite pendant une ou deux journées mais elle a cru comprendre peu à peu comment il fonctionnait.
Elle sait, rien qu'à la façon dont il s'en va, s'il reviendra le lendemain. Le contenu du panier la renseigne probablement mais elle semble avoir capté d'autres signes, si ténus qu'elle ne les identifie pas consciemment, et qui pourtant l'informent sur le temps d'absence planifié par l'autre.

Elle peut s'être trompée dans ses prévisions. Ou alors il aura été empêché à la dernière minute, une embrouille quelconque l'aura obligé à remettre son projet de passer...

Il pourrait aussi avoir eu un accident.

La voilà à deux doigts de s'inquiéter à son sujet. Et pas seulement parce que son propre sort est entre les mains de l'autre...

Inutile de se perdre en conjonctures.

Depuis qu'elle est emprisonnée, elle a appris à accepter de ne pas maîtriser la plupart des éléments de sa vie. Elle s'est habituée à ne plus contrôler grand chose.

Au fond, elle se retrouve un peu dans la condition qui est celle de tante Julie. Sa situation de totale dépendance la propulse dans ce qu'est l'extrême vieillesse... ou la ramène à ce que fut la petite enfance.

Elle n'est pourtant ni en fin, ni en début de vie. Et elle connaît les avantages qui sont les siens. Parce qu'elle dispose d' un avenir, elle le veut de toutes ses forces, et d'un passé, sur lequel s'appuyer.

Elle sait aussi la puissance de sa détermination.

Quand elle a compris qu'il ne viendrait plus, elle a tout rangé, nettoyé du mieux qu'elle a pu.

Il lui restait de quoi planter encore une fois le décor prévu.

Mais s'il lui fallait remettre à nouveau sa tentative d'évasion, elle devrait imaginer une autre mise en scène...

- Demain est un autre jour. Je verrai demain, se dit Angèle en s'endormant.

Eux

Quand elle lui a ouvert la porte et s'est trouvée face à lui, Odile a d'emblée, regretté d'avoir fait appel à Gérald.

D'abord il s'était parfumé, exagérément et en même temps il dégageait une vague odeur de sueur. Et puis, il avait l'air à la fois agacé, inquiet et nerveux, son regard fuyait.

- Merci d'être venu, tu avais peut-être autre chose à faire ?
- Oui, j'avais d'autres projets. Mais puisque je suis là je vais tâcher de me rendre utile, ça devrait aller vite.

Il a posé son manteau et ses gants sur un fauteuil.
A peine lui avait-elle donné à voir les vidéos, qu'elle avait pu constater son changement d'humeur. D'anxieux, il était devenu surexcité tout à coup, volubile. Il lui avait aussitôt proposé de faire un gros plan sur le visage, d'améliorer la netteté de l'image et avait pris place devant l'ordinateur sans lui laisser le choix.

- On te tient mon salopard ! Attend un peu que je fasse ce qu'il faut pour qu'on voie ta petite gueule ignoble...
- Mais, je croyais qu'on ne pouvait pas...
- Je boirais bien un café, si ce n'est pas trop te demander, j'ai eu une nuit très courte... Il a eu un rire qui se voulait de connivence.
- Bien sûr, j'en ai du tout prêt, je t'en apporte une tasse. Tu le sucres ?

Odile était à peine dans la cuisine qu'elle a entendu une exclamation.
- Oh merde, quel con ! Oh je suis désolé !
- Qu'est ce qui t'arrive ?
- J'ai fait une fausse manip, j'ai tout effacé...

Elle avait failli lui dire que ce n'était pas dramatique parce qu'elle avait déjà fait une copie, et puis, sans réfléchir, elle s'en était abstenue.

Il s'était ensuite installé dans le canapé, à moitié vautré, et n'avait plus eu l'air pressé de partir.
Elle n'avait pas joué la comédie de la politesse, laissant tomber la conversation, désireuse qu'il s'en aille au plus vite.
Mais lui d'habitude si discret, peu causant, s'était soudain montré loquace.
Odile, ayant hâte d'être seule pour appeler Brice, avait cru qu'il ne partirait jamais. Elle l'avait trouvé, au bas mot, envahissant.

Elle a poussé un soupir de soulagement après avoir refermé la porte.
Et elle a attendu de le voir dans la rue pour se précipiter sur son téléphone.

Lui

J'ai rencontré Marie à la distribution des restos du cœur. Une fille toute simple, comme son prénom. Avec une «beauté cachée», non pas celle des laids, mais celle des discrets, qui ne surgit que quand on la sollicite.
On s'est trouvé côte à côte, j'ai bien aimé sa douceur et le respect qu'elle mettait dans sa manière de s'adresser aux personnes venues chercher des vivres.

Quand tout a été rangé, le responsable a proposé aux bénévoles qui avaient le temps, d'aller prendre un pot dans la brasserie du coin. J'ai eu envie d'y aller, parce que j'ai vu qu'elle se joignait au groupe.

Malgré ma timidité familière qui resurgissait, j'ai fait en sorte de m'asseoir à côté d'elle. Ça m'a été d'autant plus facile que son sourire s'adressait à moi et m'y engageait.
Nous avons échangé avec tout le groupe, il n'était bien sûr pas question de s'en extraire en se lançant dans une conversation personnelle.
Mais je sentais sa présence vibrante à ma gauche et j'en étais chaviré, remué d'un trouble délicieux...

Je me sentais heureux, tout naturellement.

Et j'ai compris que j'avais enfin dit adieu à Martha .

L'autre

J'ai eu chaud ! Quelle idiote cette Odile !
- Mais, je croyais qu'on ne pouvait pas...

Bien sûr qu'on ne peut pas corriger l'image ! Mais la supprimer, si !
Et c'est ce que j'ai fait, en deux temps, trois mouvements !
C'était plus prudent, même si me reconnaître était quasi impossible..

Il va malgré tout falloir que je la joue serré.
Et que je fasse vite !

Je crois que je vais emmener Angèle en voyage...
En voyage de noces !!!

Eux

Brice et Odile ont décidé d'intervenir. Rapidement.
Ils ont élaboré leur plan d'action.

D'abord, ils ont mis Germaine au courant, pour qu'elle se tienne sur ses gardes quant à Gérald.

Puis Odile a proposé à ce dernier de venir dîner avec elle pour parler des derniers événements. Il a paru hésiter mais s'est probablement dit qu'accepter était la meilleure façon de ne pas éveiller les soupçons.
- Brice sera là ?
- Non, non, il est en voyage d'affaires, comme je t'avais dit... Et Germaine est occupée par sa fille, je ne voudrais pas la perturber davantage. Je n'ai que toi sur qui compter...
Elle l'avait entendu penser : « Compte sur moi ma fille, compte sur moi... »
- Ok, je viendrai mais pas longtemps, je suis crevé en ce moment.
- Merci, à demain.

Il était donc venu. Ils avaient mangé rapidement et parlé.
- Crois-tu qu'il faille que je retourne au commissariat ?
- Mais tu n'as plus rien à leur montrer. Tu as vu comment ils sont. Ils ne te croiront pas sur parole. Tu risques de passer pour une mythomane.

Et si tu venais avec moi, tu as vu les images toi aussi.
- Oui, j'ai vu quelqu'un entrer chez Angèle avec une clé.
- Mais, il avait une cagoule...
- Ah, tu crois ? Ca pouvait être une capuche. Et pourquoi tu dis « il » ?
- Sa tête, c'était un homme.
- Et si c'était Angèle ? Elle a pu resserrer ses cheveux. Peut-être qu'elle est venue chercher quelque chose chez elle incognito.
- Tu crois ?
Odile a fait mine d'être déstabilisée.
 Quelques instants après que Gérald ait repris sa voiture, un autre véhicule a démarré et l'a suivi d'assez loin pour ne pas être repéré.

- Alors ?
Il est midi et demi. Brice a l'air épuisé, les traits tirés. Odile le serre dans ses bras.
- Tu veux manger quelque chose ?
- Je prendrais bien une douche d'abord, puis un petit déjeuner.

 Quand Brice revient en peignoir dans la cuisine, ça sent bon le café et le pain grillé.
Il s'attable et parle entre deux bouchées.
- En sortant d'ici, il est allé rue du Moulin à Vent. Il est entré dans une petite maison. J'ai regardé le nom sur la boîte à lettres, Madame Jeanne Pichot.
- Ça doit être sa mère.

- C'est ce que j'ai pensé aussi. Donc, j'ai vu la lumière s'allumer en bas, puis à l'étage et s'éteindre rapidement. Il a dû dormir là, en tout cas, il n'est pas ressorti. Ça a été dur de rester éveillé toute la nuit... Ce matin, une dame âgée est apparue sur le seuil, assez forte, bouclettes grises, lunettes rondes, un cabas à la main. Elle est rentrée vingt cinq minutes plus tard, une baguette dépassait du sac à provisions. Et à 11 heures 17, il s'est enfin manifesté, l'air frais et dispos. Il sifflotait, l'enfoiré !
- Mon pauvre chéri, heureusement, tu vas pouvoir dormir cet après-midi.
- Je crois qu'on va avoir mieux à faire ! Parce que je l'ai à nouveau suivi, et là ça devient très intéressant. Il n'est pas allé à son appartement mais a pris la direction de Crémieu. On a roulé 20 minutes environ. Il s'est arrêté devant une petite maison isolée, en pleine campagne. Il en avait la clé, il est entré, a ouvert les fenêtres et les volets, a tout refermé après une petite demi-heure et est rentré chez lui.
- Tu penses qu'il ne t'a pas repéré si c'était isolé...
- Non, sur cette petite route, la visibilité était telle que je pouvais le suivre à distance. Dès que je l'ai vu s'arrêter, je me suis garé et j'ai continué à pied, en marchant derrière la haie qui borde la route. Et puis, même s'il avait aperçu la voiture de mon collègue, pas de danger qu'il l'identifie.
- Tu crois qu'Angèle est dans cette maison, qu'il la séquestre là ?

- Ne nous emballons pas mais ça me paraît possible. En tout cas, ce gars n'est pas net. Je propose qu'on aille faire un tour dans cette maison.
- Maintenant ?
- Oui, tout de suite, avant qu'il n'y revienne.
- Je n'osais pas te le demander, je pensais que tu aurais besoin de te reposer mais j'ai tellement hâte d'y aller. Tu imagines, si on trouvait Angèle, si on la ramenait...
- Ne te fais pas trop d'illusions ma chérie. Angèle n'est pas forcément là-bas.
- J'ai l'intuition qu'elle y est.

Peut-être, mais dans quel état ? se demande Brice sans le formuler à voix haute.

L'autre

Ils me prennent vraiment pour un imbécile !

Je suis épuisé parce que j'ai travaillé toute la nuit mais je me suis vraiment beaucoup amusé !

Et je ne suis pas peu fier de les avoir tous roulés dans la farine.

J'ai promené à ma guise ce grand con de Brice.
Il va forcément retourner à la maison avec sa poule. C'est prévu. Je leur ai même laissé un volet et une fenêtre entrouverts, qu'ils n'aillent pas me forcer une porte ou me casser un carreau.

Ils pourront visiter, de la cave au grenier, tout est nickel.
J'ai fait un grand ménage pendant qu'il m'attendait devant chez ma mère.

On ne pourrait jamais deviner que le sous-sol a été habité pendant deux mois.

Elle

 Il l'a surprise dans son sommeil.
Angèle a ouvert les yeux parce qu'elle a dû sentir sa présence.
 Il était déjà penché sur elle.

Il n'avait pas allumé mais la pleine lune éclairait suffisamment la pièce pour qu'elle distingue ses traits.

Il n'avait pas mis son masque. Il souriait.
Elle l'a reconnu.
- Alors c'était toi... Je n'ai jamais pensé...

Comme elle tentait de s'asseoir, il lui a saisi le bras.

Elle a ressenti la piqûre de l'aiguille puis, plus rien.